Promenade nocturne sur un chemin renversé

Centre Pédagogique
Lucien-Guilbault inc.

CENTRE PEDAGOGIQUE
LUCIEN-GUILBAULT SECONDAIRE
9300 boul. St-Michel
Montréal, Québec H1Z 3H1

Données de catalogage avant publication (Canada)

Durand, Frédérick, 1973-
    Promenade nocturne sur un chemin renversé
    (Collection Atout ; 61-62. Fantastique)
    Pour les jeunes.
    ISBN 2-89428-577-9

I. Titre. II. Collection : Atout ; 61-62. III. Collection : Atout.
Fantastique.

PS8557.U732P76 2002   jC843'.54   C2002-940174-7
PS9557.U732P76 2002
PZ23.D87Pr 2002

Les Éditions Hurtubise HMH bénéficient du soutien financier des
institutions suivantes pour leurs activités d'édition :

- Conseil des Arts du Canada ;
- Gouvernement du Canada par l'entremise du Programme
  d'aide au développement de l'industrie de l'édition (PADIÉ) ;
- Société de développement des entreprises culturelles au
  Québec (SODEC) ;
- Gouvernement du Québec par l'entremise du programme de
  crédit d'impôt pour l'édition de livres.

Éditrice Jeunesse : **Édith Madore**
Conception graphique : **Nicole Morisset**
Illustration de la couverture : **Stéphane Poulin**
Mise en page : **Lucie Coulombe**

© Copyright 2002
Éditions Hurtubise HMH ltée
Téléphone : (514) 523-1523 • Télécopieur : (514) 523-9969
www.hurtubisehmh.com

Distribution en France
Librairie du Québec/DEQ
Téléphone : 01 43 54 49 02 • Télécopieur : 01 43 54 39 15
Courriel : liquebec@noos.fr

Dépôt légal/1er trimestre 2002
Bibliothèque nationale du Canada
Bibliothèque nationale du Québec

Imprimé au Canada

Frédérick Durand

Promenade nocturne sur un chemin renversé

Collection **ATOUT**

Frédérick Durand se passionne pour l'imaginaire.
Ancien directeur littéraire de la revue *Imagine…*,
il anime une émission de radio, consacrée à la
promotion du cinéma, de la littérature et de la
musique « différentes » : onirisme, fantastique,
surréalisme… Toujours à l'enseigne de l'étrange,
il n'est pas étonnant que Frédérick compose et joue
du jazz, de la musique psychédélique et progressive !
L'auteur a été finaliste du Grand Prix du fantastique
et de la science-fiction québécois, en 1998, pour son
roman jeunesse *Le voyage insolite* (Pierre Tisseyre).
Promenade nocturne sur un chemin renversé est son
quatrième roman fantastique pour les jeunes. On y
retrouve le personnage de Marie, présent dans
Le Carrousel pourpre, publié dans la collection Atout.

J'aimerais remercier spécialement
Catherine Therrien, Sébastien Drouin,
Rosaline Deslauriers, Jean Rollin,
Pascal Françaix et Michel Lemoine
pour leur soutien.

Merci aussi à l'ombre de Marc Agapit…

À mon grand ami Pierre Héroux,
cette preuve par trois qu'on ne fait
pas d'occulte sans casser des dieux.

« *Chaque nuit, je vois d'horribles choses dans mon sommeil. À mon réveil, je m'aperçois que je ne dormais pas.* »

Daniel Darc, *Plus je sais, plus j'oublie* (Taxi-Girl)

« *La réalité est la transformation progressive des rêves ; il n'existe pas d'autre monde que le monde onirique.* »

Alexandro Jodorowsky, *L'Arbre du dieu pendu*

PREMIÈRE PARTIE

Genèse

1

QUAND SONNERA L'HEURE
DU MEURTRE JOYEUX

Pensionnaire au collège de Noireterre, Adrien Dovjenko ne s'intéressait pas aux sports, contrairement à la majorité de ses camarades. Il meublait plutôt ses temps libres en s'isolant dans la bibliothèque de l'établissement, sombre et vaste salle encombrée de vieux livres. Détestant le quotidien et la banalité, il lisait surtout des ouvrages insolites, étranges, pouvant l'aider à oublier sa terne existence pendant quelques heures.

Un jour, il découvrit par hasard un traité d'ésotérisme. Aussitôt, l'illumination se produisit, véritable coup de foudre. Il venait de trouver sa voie. Une voix secrète qu'il ne pouvait pas ignorer certifiait dans les profondeurs de son être qu'il était né pour la magie.

Pendant des semaines, Adrien Dovjenko

se souviendrait de la découverte de ce vieux livre poussiéreux, rempli d'images mystérieuses. Plus tard, il aurait pu sans se lasser décrire cent fois la sensation qu'il éprouvait en touchant les pages craquelées, le bruit qu'elles produisaient quand il les tournait, l'odeur enivrante du papier jauni par le temps.

Pourquoi ce volume se trouvait-il sur une tablette, à la portée du premier adolescent venu ? Adrien n'aurait pas su le dire. Il ne vit aucune cote identificatrice sur sa tranche, contrairement aux autres volumes. L'un des enseignants du collège l'avait peut-être imprudemment oublié là.

Le jeune homme subtilisa le livre. Il le lut partiellement, butant sur des termes obscurs, inconnus. Le sens de certaines expressions lui échappait et il ne dénicha aucun autre ouvrage sur le sujet dans la grande bibliothèque. Comment, dans ces conditions, réussir à se familiariser avec ce jargon ésotérique ?

Un soir, seul dans sa chambre, il entendit frapper à la porte. Qui cela pouvait-il bien être ? Solitaire, Dovjenko n'entretenait aucune relation d'amitié avec les autres élèves du collège.

Il alla ouvrir et aperçut l'abbé Feichleimer. Que pouvait donc lui vouloir ce singulier personnage, déconsidéré par une mauvaise réputation ?

Le gros homme à la calvitie précoce le couvait d'un regard équivoque. Adrien n'ignorait pas les ragots concernant le religieux défroqué que les élèves appelaient néanmoins encore « Monsieur l'abbé ». Ce dernier s'en doutait certainement. On l'accusait d'entretenir un penchant pour les jeunes élèves, comme le confirmait cette affaire de mœurs dont tous parlaient à mots couverts : Feichleimer aurait harcelé un jeune homme timide à un point tel qu'il l'aurait poussé au suicide. Le directeur du collège avait, prétendait-on, découvert une lettre accusatrice parmi les affaires du jeune homme, preuve prestement brûlée afin de ne pas compromettre la bonne réputation de l'établissement.

Plus tard, semble-t-il, l'abbé corrupteur avait récidivé. Cette fois, le secret faillit éclater, mais un accident sauva l'abbé. S'agissait-il vraiment d'un accident ? Tomber d'une fenêtre ouverte, au beau milieu de la nuit ?

De nouveau, le directeur du collège s'était empressé d'innocenter Feichleimer. Tous connaissaient le somnambulisme de ce pauvre Pascal, n'est-ce pas ? Le bon abbé, chargé de la surveillance du dortoir cette nuit-là, avait vu la scène en faisant sa ronde de minuit. Pascal enjambait le rebord d'une fenêtre. Se trouvant à l'autre bout du couloir lors du tragique acccident, l'ecclésiastique n'avait malheureusement pas pu sauver l'infortuné garçon.

Dovjenko avait entendu des bribes de conversations ici et là, pendant les repas ou dans les corridors. Cependant, il n'en savait pas plus, à cause de son « manque d'intégration » à la vie sociale du collège.

Ah ! ce fameux « manque d'intégration » ! Adrien en était fier. Il lui avait valu tant de reproches, d'entrevues dans le bureau du directeur, qui percevait en lui des germes d'anarchiste, d'asocial, de misanthrope. Maints professeurs avaient en vain tenté l'impossible pour convaincre leur élève de partager les jeux des autres pensionnaires. Ils trouvaient malsain qu'il s'enferme ainsi parmi les livres, à cogiter de noires pensées, au risque de se corrompre.

Un jour, irrité par ces reproches incessants, le jeune homme se fâcha :

— Je ne dérange personne ! Cessez de projeter sur moi vos fantasmes malsains et laissez-moi seul ! s'était-il écrié.

Après cet éclat, les enseignants s'entendirent pour ne plus tourmenter Adrien Dovjenko. Après tout, élève brillant, il finirait peut-être ses jours dans un laboratoire, inventant un vaccin ou un médicament révolutionnaire.

Feichleimer ne voulait certainement pas sermonner son interlocuteur et l'encourager à fraterniser davantage avec ses proches. Pour remplir une telle mission, le directeur de l'école aurait certes choisi un autre délégué.

— Bonjour, mon enfant, dit le visiteur d'une voix mielleuse en refermant silencieusement la porte derrière lui.

Adrien fixa sur lui un regard de braise.

— Nous ne nous sommes jamais parlé, monsieur, mais cela ne m'empêche pas de savoir qui vous êtes.

L'abbé sourit en entendant cette phrase ambiguë. Puis, il lança :

— J'ai lu vos cahiers. Ceux que vous dissimulez dans le tiroir de votre table de nuit.

Devant l'expression indignée d'Adrien, l'enseignant se justifia :

— Nous avons charge d'âmes, mon enfant, et nous devons en répondre devant Dieu. Nous devons nous assurer de votre salut. Beaucoup de malheureux refusent de confesser leurs pires crimes et nous devons à tout prix empêcher leur damnation.

Adrien n'était pas dupe de ces paroles. L'abbé les formulait pour traquer ses réactions, l'examiner, le jauger. Il ne se sentait pas très bien, c'est vrai. Quatre cahiers trouvés par Feichleimer renfermaient des nouvelles et romans pour le moins sulfureux. Les titres en témoignaient avec éloquence : *Au rendez-vous des courtisans glacés*, *Les Exorcismes impies du geôlier aveugle*, *Le Moissonneur d'innocence*, *Le Journal d'un cauchemar*… Il y avait aussi des essais : *Le Refus d'aimer*, *Petit traité du blasphème*, *De la dépravation*. Un dernier cahier à couverture noire n'avait aucun titre.

— Vos romans m'ont beaucoup plu, dit l'abbé. De véritables petits feuilletons diaboliques, tels qu'on doit en lire quotidiennement en Enfer, si des journaux s'y publient. Vos essais ne manquent pas de piquant, eux non plus. Certains contemporains vous pendraient pour moins, j'en suis persuadé. Ces écrits vous auraient sans doute valu une mise à l'Index en cette époque bénie où la lecture pouvait encore constituer un grave péché. Oui, ce sont là de fort sympathiques travaux. Vos parents adoreraient en prendre connaissance, j'en suis persuadé. Mais, je dois en convenir, rien n'égale votre cahier noir.

Ces dernières paroles, prononcées de manière équivoque, impressionnèrent le jeune homme. L'abbé ne souriait plus. Les romans, les nouvelles, les essais, c'était de la littérature après tout, de la simple fiction. Mais le cahier noir, c'était autre chose. Dovjenko y notait ses projets, ses secrets.

Adrien se montrait rempli d'ambition et d'imagination. Influencé par la découverte du traité d'occultisme, il racontait comment il aurait voulu maîtriser des pouvoirs magiques. Peu lui importait de détenir ces forces grâce à une intervention divine ou démoniaque, seuls les résultats comptaient. Au nombre de ses objectifs, il mentionnait son désir de quitter le monde des humains pour parvenir à un autre plan de réalité, sa volonté de domination sur ses semblables et son souhait d'introduire la logique des rêves dans la réalité diurne.

— J'hésitais à venir vous parler, reprit l'abbé, avant de lire votre chapitre d'hier soir. Celui où vous révélez avoir trouvé le *Livre des arcanes* à la bibliothèque… Ne prenez pas cet air effrayé! De toute façon, cet ouvrage ne vous sera pas d'une grande utilité. Un fatras de chimères et de superstitions. La véritable magie ne se terre pas dans une bibliothèque de collège, vous devriez le savoir. Elle est plus complexe. Il n'existe pas de traité élémentaire de sciences occultes en trente leçons pratiques. Je saurai vous le prouver.

Adrien fronça les sourcils, perplexe.

— J'ai toujours souhaité m'entretenir avec un élève doué, doté d'une ouverture d'esprit assez large pour ne pas se laisser impressionner par les convenances sociales, pour ne pas se laisser contenir par les sots freins des lois humaines. Comme preuve de ma sincérité, je vous offre de concrétiser deux de vos projets : le décès de votre oncle Jacob et la conception de cet « enfant magique » auquel vous avez consacré un long chapitre.

Stupéfait, le jeune homme dévisagea l'abbé tant il n'osait croire ses paroles. Le visage de l'ecclésiastique s'assombrit.

— Vous êtes déterminé, Dovjenko, n'est-ce pas ? J'espère ne m'être pas trompé sur votre compte. Vos écrits laissaient supposer une âme ferme, des convictions solidement établies. Ne me faites pas voir une souris là où je m'attendais à découvrir un lion. Voulez-vous tuer votre oncle, oui ou non ?

La question ne laissait aucune échappatoire. L'esprit d'Adrien s'emballa. Et si c'était une ruse ? Si l'abbé simulait une complicité prometteuse pour mieux prendre sa victime au piège ? Il suffirait de se tromper pour voir l'abbé le condamner et encourir les foudres de l'oncle Jacob.

Prudent, Dovjenko répondit :

— Vous avez lu mon cahier intitulé *L'Oncle-Ténèbres ou l'Histoire maudite d'une enfance obscure*, je suppose ?

L'abbé hocha la tête.

— Alors, poursuivit Adrien, vous connaissez les humiliations qu'oncle Jacob m'a infligées. Les coups, les menaces, les cruautés quotidiennes. Je ne peux pas aimer un tel homme. Je devrais peut-être essayer de m'améliorer, mais je…

— Laissons ici la morale, trancha Feichleimer. Ne nous embarrassons pas de ces ridicules considérations éthiques. Poursuivez, Dovjenko.

— Qui ne serait pas tenté de se venger, dans ces conditions ? D'ailleurs, je n'ai pas imaginé la mort d'oncle Jacob par simple désir de représailles. Je quitterai ce collège dans quelques heures pour retourner au manoir familial. Mon oncle m'y attendra et il ne me réservera certes pas un accueil cordial.

— Venez-en au fait, Dovjenko. Cessez de tergiverser et de vous justifier. Une dernière fois, voulez-vous tuer votre oncle ?

Le jeune homme hésita encore. Puis, il se décida et répondit affirmativement.

Après tout, si on l'accusait, il pourrait toujours nier.

Feichleimer se frotta les mains et le sourire revint sur son visage.

— Voilà qui est bien, dit-il. Comme ce « oui » caresse mes oreilles et plaît à mon cœur ! Nous allons nous entendre à merveille, Dovjenko. Tout est simple. Je m'en remettrai à Onirica.

— Onirica ?

— Une déesse qui m'apparaît en rêve. Je l'ai baptisée ainsi. Elle n'a jamais dévoilé son véritable nom. Elle m'a révélé les secrets de ma famille : comment mon grand-père pouvait dissoudre la matière à volonté, comment il disparut subitement pour revenir, trente ans plus tard, sans avoir vieilli physiquement.

— Une histoire semblable concerne mon grand-père paternel ! Dites-m'en plus au sujet d'Onirica.

— Mon alliée est une entité magique subalterne. Elle m'apparaît toujours sous une forme floue et sombre. Je ne distingue pas ses traits. J'ai rêvé d'elle, la première fois, voilà six mois. Elle affirme avoir essayé de prendre contact avec moi depuis longtemps, mais il lui fallait attendre la conjoncture mystique favorable : position exacte des astres entre eux, date, jour de la semaine... Je n'essaierai pas de vous en expliquer les détails — je les conçois plus ou moins bien moi-même. De toute façon, là ne réside pas l'intérêt. Peu importent les moyens, seul le résultat compte, comme vous l'avez noté dans votre cahier.

Onirica veut m'aider à devenir puissant, mais elle ne dispose pas elle-même d'une grande force. Je l'ai interrogée à ce sujet, mais elle n'a pas voulu m'en dire davantage. De cela, je tire mes suppositions quant à sa faible position hiérarchique au sein du monde de l'au-delà. Sans doute ne veut-elle pas me l'avouer. Je ne m'en soucie guère. Elle veut m'aider, c'est l'essentiel. Elle y gagnera sûrement quelque chose. Par mon intermédiaire, elle pourra répandre le chaos sur terre. Cet acte lui vaudra peut-être une plus grande considération dans le monde surnaturel.

— Cette histoire laisserait plus d'un auditeur sceptique, vous l'admettrez, dit Adrien, d'un ton neutre.

— Vous verrez ! répliqua l'abbé, vexé. Vous ne devriez pas vous moquer de la chance que je vous offre, jeune insolent. Si je n'avais pas besoin de vous, je…

Feichleimer s'interrompit brusquement. Dans son emportement, il avait trop parlé.

Adrien sauta sur l'occasion :

— Vous avez besoin de moi ? Parlez, l'abbé, parlez ! On ne traite pas ses associés ainsi. Je veux tout savoir.

L'enseignant hésita quelques secondes et reprit, baissant la tête :

— En fait, je vous ai menti. Onirica ne m'a pas parlé de mon grand-père, mais du vôtre.

— Je le savais ! s'écria Adrien.

— Calmez-vous. Elle ne peut s'adresser directement à vous. Certaines forces l'en empêchent. Les forces « blanches », je suppose. Mais elle fut assez clairvoyante pour sonder les esprits des gens capables de prendre contact avec vous. Elle sut découvrir en moi un allié potentiel. Nos moments d'entretiens sont très restreints, aussi m'a-t-elle ordonné d'aller fouiller dans vos tiroirs. J'ai lu, j'ai pris mon temps. Des semaines ont passé sans aucun nouveau contact avec Onirica.

J'en venais à la croire issue d'un simple rêve. Pourtant, pourquoi m'avoir parlé de vous en particulier ? Pourquoi aurais-je imaginé une histoire impliquant un élève que je n'avais jamais remarqué auparavant ? Vos cahiers m'indiquaient un caractère différent de celui de vos condisciples. Si c'était une coïncidence, elle était difficile à croire.

Une seconde apparition est enfin survenue. Onirica m'expliqua qu'elle ne pourrait me joindre souvent, car cette action exige une grande dépense d'énergie. Toutefois, si je suis ses conseils, elle grandira en puissance et pourra m'aider plus régulièrement. Elle m'a expliqué que, pour parvenir à mes fins, je devais former un trio dont vous seriez le deuxième membre.

La perspective de s'associer avec un tiers dans cette affaire n'inspirait guère confiance à Dovjenko.

— Un trio ?

— Oui ! Mais ne vous inquiétez pas, car le troisième membre de ce trio vous conviendra tout à fait… Il satisfera même l'une de vos volontés, celle de créer un « enfant magique ».

— Vous voulez dire…

— Oui, le troisième membre sera votre futur fils. Toutefois, Onirica m'a bien prévenu : un sacrifice doit précéder la conception de l'enfant pour rendre ses pouvoirs magiques efficaces. Or, a-t-elle également précisé, ce sacrifice doit être offert dans la joie. « L'illumination viendra », m'assura-t-elle dans son langage énigmatique.

En compulsant vos cahiers, j'ai compris qu'il fallait sacrifier votre oncle. Cette action vous plaira doublement : elle servira vos projets et vous débarrassera de votre adversaire. Comme elle doit être faite dans la joie, vous attendrez, avant de la commettre, d'être placé dans une situation vexante, humiliante. En tuant votre oncle Jacob à ce moment, vous vous sentirez heureux, délivré. Vous devrez offrir ce bonheur aux forces magiques en récitant une prière de votre invention, dans laquelle vous investirez tout votre être. Ensuite, ce sera le temps de chercher la mère de votre futur fils. Onirica doit m'apparaître après le décès de votre oncle. Elle nous conseillera sur l'accomplissement de l'étape suivante, je suppose.

Demain, le congé de Noël débute. Comme les autres élèves, vous regagnerez le domicile parental durant cette période. Profitez de cette occasion.

— Je n'y manquerai pas.

Les deux interlocuteurs se séparèrent.

Cette nuit-là, Dovjenko dormit très mal. Il se voyait en train d'assassiner son ennemi. Il échafaudait les pires hypothèses : Jacob évitait l'arme du crime et le dénonçait aux autorités ; un domestique le surprenait au moment du meurtre…

À la fin d'une nuit troublée, Adrien quitta le collège, songeur.

Les domestiques lui réservèrent un accueil chaleureux. Sa mère, sœur de Jacob, était alitée, très malade. Ce n'était guère nouveau, cette belle femme au teint pâle n'avait jamais joui d'une bonne santé.

Sans s'en douter, Jacob servit parfaitement les plans de Feichleimer.

Deux jours après son arrivée au manoir, Adrien était en train de lire dans le salon, assis devant un feu de foyer. L'oncle surgit dans la pièce. Il n'avait pas encore parlé à son neveu depuis le retour de celui-ci. Il titubait, visiblement ivre. D'une voix pâteuse, il dit :

— Ta mère est malade. Elle mourra bientôt et l'héritage me reviendra entièrement. J'y ai veillé. Après son décès, je me débarrasserai de toi. Tu auras dix-huit ans dans un mois. D'ici là, je suis obligé de t'entretenir, mais après tes dix-huit ans, je ne débourserai plus un sou pour toi. Tu te retrouveras à la rue et, alors, à toi de te débrouiller. Je te préviens tout de suite, ne viens pas m'importuner. Tu ne recevras rien de moi, et tes larmes, fussent-elles assez abondantes pour remplir la mer, ne fléchiront jamais ma volonté. Je te ferai battre sans ménagements par mes nouveaux domestiques si tu oses revenir en ces lieux.

Adrien ne répondit pas. Sa mère devait sa richesse à son mari, mort très jeune. Pourquoi cette fortune reviendrait-elle à Jacob, qui avait toujours méprisé ouvertement son beau-frère ?

Le jeune homme se sentait curieusement dédoublé. D'une part, il se sentait blessé et troublé par ces propos. D'autre part, il se scrutait lui-même. Il voulait être persuadé d'avoir atteint la rage nécessaire à l'accomplissement d'un *meurtre joyeux*. Il ne fallait pas rater le coup. Feichleimer l'avait prévenu qu'il ne devait s'en prendre à son oncle qu'en état de colère.

L'apparente impassibilité d'Adrien dut agacer Jacob. Il renchérit sur ce qu'il avait dit :

— En fait, la maladie de ta mère est mon œuvre. Tu ne pourras jamais le prouver. J'ai pris mes précautions et un éventuel procès te discréditerait en te désignant à l'opinion publique comme un menteur invétéré. De toute façon, la mort de Marianne ne change rien. On doit mourir un jour, alors pourquoi ne pas en finir au plus vite ? Son argent ne lui profite pas, et moi j'en ai besoin. Je l'ai forcée à tester en ma faveur, à me léguer tous ses biens. De toute manière, ce n'est pas en gardant le lit qu'elle pourra en bénéficier et, pendant ce temps, je vieillis. Si j'attends trop, je ne jouirai jamais du magot. J'en ai assez de perdre mon temps à attendre la mort de cette femme ennuyeuse.

Adrien sentit la fureur monter en lui. Un courroux âpre l'envahit, nourri de toutes les rages étouffées, de tous les cris refoulés, de toute les révoltes réprimées. Il fallait agir, c'était le moment.

Il se retourna, feignit l'indifférence et dit froidement, en lorgnant vers les flammes :

— J'avais prévu tes combines. Ton argent est en train de brûler.

Jacob ne put s'empêcher de s'avancer vers le feu.

À ce moment, Adrien poussa subitement son oncle dans le foyer. Aussitôt, le jeune homme lui lança une bûche sur la tête. Il profita de l'hébétude de son oncle pour saisir le tisonnier. Il se tenait prêt à frapper, au cas où l'oncle remuerait. Mais le corps demeurait immobile. Les flammes l'entourèrent.

La prière ! Adrien allait oublier la prière aux forces magiques, primordiale selon les instructions de Feichleimer. Il se pressa, s'efforçant de dominer sa nervosité. Ce n'était pas facile, mais il parvint néanmoins à se calmer un peu.

Le jeune homme improvisa quelques phrases :

— Forces magiques, je vous offre ce sacrifice dans la joie, comme convenu. En vertu de notre pacte, aidez-moi à présent. Donnez-moi le pouvoir de changer la réalité quotidienne en monde onirique afin d'assassiner à jamais la banalité de l'univers.

Puis, Dovjenko s'élança hors de la pièce. Il ne voulait pas s'attarder davantage sur les lieux de son crime, craignant d'être découvert avant d'avoir pu accréditer la thèse d'un accident et la véhiculer. À l'entrée du salon, le jeune homme se heurta à Joseph, le cuisinier. La surprise rendit encore plus convaincante son expression épouvantée.

— Monsieur Joseph ! Monsieur Joseph ! Mon oncle… Il a dû trébucher… Je viens de l'apercevoir dans le foyer… Vite !

On ne parvint pas à sauver Jacob Werner. Des policiers interrogèrent Adrien et l'enquête se conclut sur un verdict d'accident dû à l'ébriété de Jacob.

Marianne Dovjenko mourut peu de temps après. Tous les voisins plaignirent ce « pauvre jeune homme privé de ses seuls parents en si peu de temps ».

À la fin des vacances de Noël, Adrien ne retourna pas au collège de Noireterre. Il hérita de l'imposant manoir situé derrière un immense parc et protégé des indiscrétions par de massives grilles de fer forgé. Une clause du testament de la mère stipulait que tous les biens familiaux devaient revenir à son fils après la mort de Jacob. Il s'agissait sans doute là d'une concession péniblement arrachée à l'irascible oncle.

Adrien craignit un temps d'être hanté par la culpabilité, d'être rongé par le souvenir de ce meurtre. Les premières nuits, il revécut la scène en rêve. Puis, après trois jours, les images du crime ne vinrent plus déranger son sommeil. Au lieu d'éprouver du remords, le jeune homme se sentait soulagé. Après quelques jours, il n'accorda plus aucune importance à l'événement, comme si le meurtre n'avait jamais eu lieu.

En revanche, Adrien pensait plus souvent à sa mère. Somme toute, il l'avait peu connue. Pendant la jeunesse de son fils, elle avait brillé par son absence. Elle passait d'innombrables soirées chez des amis, au sein de cercles bourgeois, dans des réunions mondaines. Puis, les longues années de maladie et de fatigue ininterrompue avaient débuté. Alors, la sœur de Jacob s'était cloîtrée dans sa chambre et n'en était pratiquement plus sortie.

2

L'INSAISISSABLE
JEUNE FILLE MAGIQUE

Plusieurs semaines s'étaient écoulées depuis la rencontre avec Feichleimer. Désirant ne plus perdre de temps, Dovjenko invita l'abbé à venir le rejoindre, justifiant publiquement ce choix par sa décision de poursuivre ses cours avec un précepteur. Les voisins manifestèrent de la compassion : Monsieur Adrien prenait la succession des affaires familiales avec un courage exemplaire ; il veillait à la bonne tenue du manoir, quittant ses compagnons pour prendre prématurément des responsabilités d'adulte, tout en complétant son instruction. Il avait même congédié tous les domestiques pour revendiquer une indépendance totale. Quel sage jeune homme, si digne de son défunt père !

Aussitôt installé au manoir, l'abbé ne

tint plus en place. Quelques heures à peine après son arrivée, il arpentait nerveusement le salon. Assis dans un fauteuil confortable, Adrien l'observait.

— L'enfant magique ! Il faut le créer. Il te faut à présent trouver la future mère.

Songeur, Dovjenko ne répondit pas. Il n'avait jamais fréquenté de jeunes filles. Bien sûr, il y avait ces élèves de l'institut Karlsehn, non loin du collège de Noireterre. Il les avait vues à quelques reprises, lors d'activités au cours desquelles les deux établissements d'enseignement se jumelaient. Cependant, Dovjenko n'avait jamais adressé la parole à l'une des pensionnaires. Certaines lui semblaient jolies, mais le garçon croyait déceler chez elles une personnalité superficielle. Il détestait leur engouement pour la mode, les bellâtres vedettes de cinéma ou les chanteurs populaires insipides. Lors des activités communes, il avait surpris leurs conversations, portant sur des sujets futiles. Il avait vu ses collègues de classe courtiser les filles et celles-ci rire bruyamment, en adoptant des airs séducteurs ou candides. Non, décidément, tout cela le dégoûtait et il préférait se retirer, être seul avec ses livres.

Il se voyait mal en train de séduire une femme. Comment procéderait-il ? Comment la convaincrait-il de le fréquenter ? De devenir la mère de son enfant ?

— Quel est votre plan ? demanda le jeune homme. Je ne connais pas de fille. À vrai dire, les pensionnaires de l'institut Karlsehn m'ont toujours déplu. Je n'ai pas envie de m'embarrasser de la présence perpétuelle d'une imbécile.

— Rien ne t'oblige à demeurer avec elle une fois l'enfant né.

— Vous me rassurez ! Mais cela ne résout pas notre problème. Où trouverons-nous la fille ?

— Je l'ignore. Les forces magiques nous aideront, je suppose. Après tout, nous avons obéi aux consignes d'Onirica, non ?

Le visage d'Adrien s'assombrit.

— Ne devait-elle pas vous apparaître en songe après la mort de l'oncle Jacob ?

— Oui.

— Des semaines se sont écoulées depuis ce décès, pourtant. C'est alarmant.

— Tu détiens au moins la preuve de ma sincérité. Je pourrais te mentir, inventer des rêves…

— À quoi cela vous avancerait-il ? Je risquerais de découvrir la supercherie tôt ou tard.

Un lourd silence régna pendant un moment dans la pièce. Feichleimer parut réfléchir, peser les dernières paroles de son interlocuteur. Ce dernier se leva.

— Bien ! La montagne ne vient pas à moi, j'irai donc à la montagne. Je vais me promener dans la ville. Je finirai par rencontrer une fille.

L'ecclésiastique sourit devant la naïveté de ces propos.

— Et quoi ? Tu vas la droguer et la ramener ici ? plaisanta-t-il.

Le visage de Dovjenko s'illumina. Il prit au sérieux cette suggestion ironique.

— Pourquoi pas ?

— Voyons, c'est absurde. Il te faudrait au moins un complice et c'est là une entreprise risquée.

Adrien dévisagea froidement son interlocuteur.

— Alors ? Que suggérez-vous ? Allez-y, prouvez-moi votre supériorité !

— J'ignore comment te répondre. Onirica devait me conseiller. Je ne l'ai pas revue. Elle se manifesterait si elle le pouvait, j'en suis certain. Quelque chose doit l'en empêcher.

— Mais en attendant, il faut agir ! Le temps passe… Peut-être devons-nous prendre l'initiative. Nous n'attendrons pas toute notre vie une action de votre Onirica. Vous ne pouvez même pas me prouver son existence. Elle a pu naître de votre imagination. Vous aurez pris vos rêves pour des réalités.

— Comment expliques-tu qu'elle m'ait parlé de toi, alors ?

— Vous avez découvert mes cahiers un jour, par hasard, en fouillant dans ma chambre, poussé par la simple curiosité. Vous les avez lus et avez cru trouver en moi un disciple idéal. Il était facile pour vous d'inventer toute cette histoire.

— Et ton grand-père disparu, alors ? Comment pouvais-je connaître son histoire ?

— Ne jouez pas au naïf. J'ai évoqué cette affaire dans l'un de mes cahiers.

Le visage de l'abbé s'empourpra.

— J'ai vu Onirica, je te le jure ! C'était dans un rêve qui ne ressemblait à aucun autre rêve, c'est vrai. Mon esprit était lucide, assez éveillé pour que je me souvienne de tout à mon réveil. De tout dans les moindres détails : de la brume rosâtre qui montait du sol, de ma sensation de légèreté, de la fraîcheur environnante, des sons mystérieux…

Feichleimer semblait véritablement vexé des doutes émis par son interlocuteur… Ou alors il savait mentir avec beaucoup de talent.

— Assez, assez ! trancha Dovjenko. Je vous accorde encore une fois le bénéfice du doute. Vous n'auriez rien à gagner en inventant toutes ces histoires. Enfin, je l'espère. Laissez-moi agir à ma guise. Nous n'y perdrons rien, croyez-moi.

Sans laisser le temps à Feichleimer de réagir, Adrien prit son manteau et quitta le manoir.

Un vent frais caressait son visage. Pensif, il errait dans les rues. Cette promenade ne le calmait pas. Il ne croyait pas pouvoir trouver une fille ici, à moins d'un miracle. Des images valsaient dans sa tête : l'oncle Jacob précipité dans le foyer ; le sourire sournois de l'abbé. Fallait-il accorder sa confiance à ce personnage aux motivations obscures ?

Adrien aperçut alors l'entrée du parc municipal. Un sentier invitait à la promenade sous l'ombre des arbres. Quelques bancs se trouvaient ici et là. D'habitude, il y avait toujours un lecteur assis à quelques mètres du chemin étroit que prenaient les passants. Cette fois, le parc était désert. Même le chant des oiseaux n'emplissait pas l'air du soir.

Sans réfléchir, le jeune homme s'engagea dans l'allée silencieuse. Distinguerait-il bientôt une silhouette, celle de la femme recherchée ? Rien… Toujours rien.

Il parcourut le parc à plusieurs reprises puis, las, regagna le manoir.

Le silence régnait là aussi. L'abbé s'était probablement couché. Adrien l'imita.

Cogitant de sombres pensées, il ne parvenait pas à s'endormir. Il avait rêvé d'instaurer une autre réalité. Il y avait échoué. Il faudrait tirer les choses au clair avec l'abbé dès le lendemain, l'interroger, le pousser dans ses derniers retranchements pour savoir la vérité.

Feichleimer lui avait menti, l'avait manipulé, il en était certain maintenant. Il n'en avait pas la certitude de manière rationnelle, mais il le ressentait intensément.

Cette nuit-là, Dovjenko dormit très peu.

Quand Adrien entra dans la salle à manger, l'abbé lui adressa un sourire cordial. Derrière ce masque amical, il crut discerner une sournoiserie alarmante. Il ne fallait plus attendre. Le jeune homme se prépara un petit déjeuner et s'installa en face de son interlocuteur. Le fixant, il lui dit :

— Écoutez, l'abbé, ça ne peut plus durer. Rien ne se passe. Je redoute d'avoir tué mon oncle en pure perte. Vous m'avez menti, j'en suis persuadé. Je veux en finir une fois pour toutes avec Onirica, les rêves, les forces de l'au-delà et toutes vos maladroites inventions. Dites-moi la vérité ou je vous ordonne de partir.

Confus, l'abbé baissa les yeux.

Cette attitude confirmait les soupçons du jeune homme. Découvert, l'enseignant ne savait plus quel comportement adopter.

Il finit par relever la tête.

— Tu as raison, avoua-t-il.

Ces paroles n'étonnèrent pas Adrien. Il s'y attendait dans une certaine mesure. Toutefois, il ne put s'empêcher de ressentir une grande déception en les entendant. C'était la fin d'un rêve, le retour à la grisaille quotidienne.

L'abbé poursuivit :

— C'est vrai, Onirica n'existe pas. J'ai inventé cette histoire parce que la vérité est encore plus difficile à croire. Je vais tout t'avouer. Mais cette fois, je te demande de me croire, même si mes propos risquent de te sembler insensés.

— Une minute, interrompit Dovjenko. N'allez pas me ressortir encore une de vos histoires impossibles…

— Hélas ! répondit Feichleimer, la vérité risque de te paraître encore plus aberrante que mes « histoires impossibles ».

Las, le jeune homme ne répondit pas. Il laisserait l'abbé parler, écoutant d'abord, jugeant ensuite.

— Karl Feichleimer, mon père, était un véritable magicien. Bien entendu, pas au sens où certains l'entendent. Il ne disposait pas de pouvoirs illimités et d'un contrôle absolu sur le monde. Quand il mourut d'une crise cardiaque, j'avais seulement huit ans. Je n'ai pas pu le connaître comme je l'aurais voulu. J'étais jeune, il devait s'adresser à moi avec des mots simples pour se faire comprendre. J'habitais avec lui dans un petit appartement. Nous n'avions pas de famille. Papa était orphelin; ma mère, morte en couches, était l'enfant unique d'un couple de nobles. Elle s'était gravement querellée avec eux et ne les avait pas vus depuis quinze ans quand elle connut mon père.

À la mort de ma mère, Karl voulut prendre contact avec eux, mais ceux-ci refusèrent de lui adresser la parole.

Papa m'a souvent parlé de magie, au cours de mon enfance. Sa philosophie, quant à cette question, se résumait à ces paroles fort simples, qu'il m'a souvent répétées et dont je me souviens encore : « Beaucoup d'humains sont, plus ou moins, des magiciens. La magie réside en nous. Elle ne se trouve dans aucun livre. Il suffit de croire et de se réunir en nombre suffisant pour la maîtriser, si nous sommes incapables d'y parvenir seuls. »

Un jour, mon père m'a pris la main. Il avait allumé une chandelle. Il m'ordonna de me concentrer. « Tu vois cette flamme ? interrogea-t-il. Tu peux l'éteindre par ta seule volonté. Mais tu dois y croire. C'est essentiel. Croire sans l'ombre d'un doute. Aucune hésitation n'est permise. La moindre petite parcelle d'incertitude t'empêchera de parvenir à tes fins. Maintenant, concentre-toi et, quand tu seras prêt, souffle la chandelle par la force de ta volonté. »

J'y suis parvenu !

Le lendemain, mon père mourut. Un couple de gens âgés m'adopta. Ils me semoncèrent quand j'osai leur parler de cette histoire. Pourtant, j'y croyais toujours. J'essayai en secret de réussir encore cet exploit. En vain. Je lus plusieurs livres sans aboutir à un résultat. Je m'associai même à des amis, au cours de mon adolescence, mais le scepticisme devait régner parmi eux en dépit de leurs marques de confiance, car ces tentatives ne réussirent jamais — ou alors le potentiel magique de mes alliés n'était pas assez élevé.

Peut-être aussi n'avais-je pas assez vieilli, pas assez médité et réfléchi sur la véritable nature de la magie. Sans doute cette carence explique-t-elle en grande partie l'échec de tous ces essais.

Cet automne, au début de l'année scolaire, j'ai senti brusquement un grand changement au cœur de mon être. Tout à coup, je *savais*, mais sans rien pouvoir expliquer par la logique. J'étais investi d'une connaissance purement émotionnelle et intuitive, dénuée de tout raisonnement. L'instant était venu, une voix le criait en moi, l'heure si longtemps attendue venait de sonner. J'étais devenu assez fort pour maîtriser la magie. À présent, il suffisait de suivre le précepte de mon père : croire, croire aveuglément en la puissance du surnaturel.

Tu es jeune, Adrien. Je devais te convaincre, je redoutais ton scepticisme. J'ai préféré t'extirper peu à peu de la gangue du quotidien. Il était simple pour toi de croire en l'intervention d'une force extérieure. T'en serais-tu remis aux certitudes de l'abbé Feichleimer ? J'en doute.

J'ai attendu que tu me demandes la vérité avant de tout te révéler. Il s'agit d'un signe, mon enfant, d'un signe! À présent, la mère de l'enfant magique se présentera à nous d'une seconde à l'autre. Il n'y a plus à hésiter. Je le sais, toutes mes fibres le ressentent.

L'abbé, véritablement illuminé, comme en extase, levait les mains au ciel. Adrien hésitait devant l'attitude à adopter. D'une part, le religieux lui semblait ridicule, pathétique. Comment réagir au spectacle offert par ce mythomane fou à lier? La raison dictait de le renvoyer poliment au collège où il pourrait continuer à entretenir sa démence sans nuire au jeune homme.

Mais, d'autre part, *si Feichleimer avait raison*?

Oui, c'était vrai, ses propos semblaient à première vue insensés, délirants, illogiques. Mais Dovjenko se sentait tellement séduit par la possibilité de leur vérité, par les incroyables implications de l'existence réelle de la magie... S'il agissait trop impulsivement, il risquait de rater la plus belle occasion de sa vie. Il fallait au moins donner une chance à l'abbé. Le questionner pour vérifier la solidité de ses affirmations.

— Pourquoi m'avoir choisi, moi ? interrogea le jeune homme.

— Tu n'es pas le premier, Adrien. Tu as déjà entendu certains racontars à mon sujet, j'en suis sûr. Tes camarades de classe t'ont certainement parlé de Pascal Venisse et de Pierre Laverne, ces élèves morts de façon tragique.

En entendant ces propos, Dovjenko se sentit rassuré. L'abbé lui-même osait aborder ce sujet délicat, et cette initiative témoignait sans doute de sa sincérité.

— En effet. Beaucoup de garçons, au collège, soupçonnent de peu brillants exploits à votre actif.

— Pierre Laverne fut le premier. Je lui ai enseigné le français. Pendant les cours, je sentais certaines vibrations se dégager de cet élève. Je crus deviner en lui l'allié idéal. Fragile moralement, il promit néanmoins de tuer son père. Il finit par se suicider, trop tourmenté par cette idée. Il laissa derrière lui une lettre étrange. Dans cette ultime confession, il m'accusait d'être un dangereux sorcier, capable « d'ouvrir les portes du cauchemar », tels sont ses termes exacts.

Vernon, le directeur de l'école, fervent amateur de psychologie, décela dans les quatre feuilles noircies d'une écriture hachée les indices d'une schizophrénie naissante. Cependant, par précaution, il détruisit le document. Sait-on jamais?

Évidemment, ce cher Vernon avait entendu les ragots circulant à mon sujet. Nous nous connaissons depuis longtemps et je détiens certaines informations compromettantes sur ses frasques de jeunesse. Il projette l'image d'un homme respectable, sûr de lui, mais ce fut jadis un débauché capable de se livrer à tous les excès de la luxure. Il se contenta de me conseiller une grande prudence dans mes entreprises futures. S'il avait su la vérité!

Je retins Pascal Venisse comme second choix. Nous avions déjà discuté lors d'un dîner en plein air. J'avais également perçu certaines vertus magiques en lui. Ne me demande pas d'où je tenais cette impression, encore une fois c'était une sorte de connaissance absolue, instinctive et puissante, impossible à ignorer. Malheureusement, je suis seulement parvenu à rendre fou ce pauvre Pascal.

Je n'étais pas encore totalement prêt. Il a bientôt été harcelé par des cauchemars. Il disait visiter l'Enfer dans ses rêves, voyant autour de lui les pires atrocités, les images les plus démentielles... Il cessa tout contact avec moi, mais ses visions continuèrent, devinrent de plus en plus horribles. Il s'est jeté par une fenêtre, atteint de somnambulisme.

Tu es le troisième. Pourquoi toi? À cause de tes manuscrits, évidemment. Je les ai découverts en me laissant guider par mon instinct. Après la mort de Pascal Venisse, je suis demeuré plusieurs semaines dans l'incertitude. Puis, le matin de la révélation, ce jour où je compris que le moment était enfin arrivé, je me suis lancé dans l'aventure. Il suffisait de marcher au hasard, sans se poser de questions, et la réponse se présenterait d'elle-même. Je suis arrivé devant la porte de ta chambre.

Mon intuition fut confirmée.

— Je deviendrai peut-être fou comme Venisse.

— Impossible. Trop de signes témoignent de la réussite à venir. T'es-tu arrêté devant l'importance du chiffre trois dans mes propos ?

Dérouté, Dovjenko ne répondit pas. Ah ça ! L'abbé déraisonnait-il vraiment, tout à coup ?

— Le pouvoir magique du chiffre trois est connu. Songe à la sainte Trinité, par exemple. Étudie les livres religieux, tu verras. Tu es le troisième. Nous formerons un trio. Tes trois parents sont morts : ton oncle, ta mère, ton père. Le mien est mort il y a trente-trois ans au début de cette année, le 3 septembre. Septembre est le neuvième mois de l'année et trois fois trois font neuf…

Le jeune homme fronça les sourcils. Aussitôt, l'abbé tendit une main rassurante devant lui :

— Je le sais, ça te semble délirant. Tu rencontreras la mère de l'enfant magique aujourd'hui, c'est certain. Alors, tu ne douteras plus. En outre, l'histoire de ton grand-père devrait suffire à te convaincre, non ? Tu ne goûtes pas toute l'étrangeté de ce mystère familial ? Un homme disparaît ; il revient trente ans plus tard en affirmant avoir découvert une autre dimension. Il décrit à merveille ce monde onirique, ses lieux et ses habitants : le pays des os, les prisons du geôlier aveugle, l'équilibriste aux mains fondantes, le Cirque aux Mystères, le Manoir de la Méduse, les cuisines de l'Enfer… N'est-ce pas assez ? En plus, il disparaît une seconde fois quelques mois plus tard, après avoir rencontré ta grand-mère… Pour ne plus jamais donner signe de vie !

Dovjenko soupira.

— J'aimerais vous croire, l'abbé. De toute façon, si vous dites la vérité, le futur se chargera de confirmer vos hypothèses. À présent, séparons-nous… J'ai besoin d'air. Je sors me promener un peu. Qui sait, peut-être rencontrerai-je une fille étrange et attirante ?

Adrien se leva et quitta l'abbé sans dire un mot de plus.

Le jeune homme déambulait dans les rues de la ville. Il se sentait peu à peu habité, dominé par les paroles de Feichleimer. Il s'imprégnait de leur signification, se laissait glisser dans une euphorie tranquille. L'abbé l'avait convaincu. C'était trop beau pour ne pas y croire. Adrien n'en doutait plus, il rencontrerait bientôt la jeune fille et alors l'aventure commencerait.

Il marchait, scrutant les passants. Une jeune fille blonde se détacherait-elle de la masse des badauds, un peu gênée, la main tendue ?

— Pardon, monsieur, mais… Je… Je dois vous parler. J'ignore pourquoi, une force m'a conduite vers vous et je n'ai pas su y résister. Vous devez me trouver folle !

Aussitôt, Dovjenko s'empresserait de rassurer sa jolie interlocutrice et lui proposerait de venir se reposer chez lui. Ensuite, elle s'établirait au manoir et, petit à petit, elle se laisserait séduire par les projets d'Adrien. Malgré ses appréhensions, le jeune homme aurait découvert une compagne attachante, intelligente, capable de le comprendre et de le suivre dans ses rêves les plus fous.

Un homme d'affaires pressé heurta Adrien et poursuivit sa route sans s'excuser. Tiré de sa rêverie, Dovjenko regarda autour de lui, cherchant à identifier la mère de l'enfant magique. Certainement pas cette rousse à l'air insolent, non loin de lui… Pas son amie asiatique non plus… Alors qui ? Qui ?

Les pas du jeune homme le conduisirent à l'entrée du parc municipal où il s'était rendu la veille. Il suivit le sentier pendant quelques minutes et finit par s'asseoir sur un banc. Le silence régnait encore dans le parc. Adrien s'étonnait du grand calme pesant sur cet endroit habituellement animé.

Une fille blonde d'une douzaine d'années passa devant Adrien sans l'apercevoir. Elle allait vers un garçon de son âge, quelques mètres plus loin. L'apparence de ce dernier semblait un peu étrange. Il portait un habit noir plutôt austère. Ses traits semblaient inhumains, comme s'ils avaient été sculptés dans la glaise par un artisan inexpérimenté.

Une vague d'incrédulité monta en Adrien. Voyons, tout cela relevait de la folie ! Il se laissait trop impressionner par les propos de l'abbé et ses hypothèses encore à prouver. Il s'agissait de deux enfants très normaux, même si l'apparence du garçon paraissait singulière. Peut-être s'agissait-il d'un mongolien et de sa cousine ? Il suffisait d'observer leurs jeux anodins pour se rendre compte de leur nature banale : ils se placèrent près d'un carré de sable et s'amusèrent à dessiner.

Non, décidément, rien ne se passerait dans ce parc. Peut-être Dovjenko devait-il prendre l'initiative, se laisser guider par la magie, comme l'abbé, et aborder la première jeune femme venue ?

Adrien opta pour ce dernier choix. Il se leva, quitta le parc et s'engagea dans la rue principale. Apercevant une jeune fille aux longs cheveux noirs, il lui sourit. Elle lui adressa un regard amical.

« Ça y est ! songea Dovjenko, emballé. C'est le signe ! C'est elle... »

— Mademoiselle... commença-t-il timidement.

La promeneuse s'arrêta.

— Je... Où allez-vous ? demanda Adrien.

— Pourquoi cette question ?

— Je ne sais pas... J'ai eu une curieuse impression en vous voyant. Comme si je vous attendais depuis toujours.

La fille soupira.

— Ah ! Les hommes ! Tous les mêmes, aucune originalité !

Sur ces paroles, l'inconnue fit volte-face et s'éloigna rapidement.

Adrien resta bouche bée, immobile pendant un long moment. Il finit par se ressaisir. Il fallait bouger ! Il devait avoir l'air étrange, ainsi planté au beau milieu du trottoir.

Très déçu, il allait retourner au manoir quand une main se posa sur son épaule.

« Cette fois, c'est le bon signe ! » pensa le jeune homme, soudain électrisé par une montée d'adrénaline.

Il se retourna. Une fille rousse le regardait. Dovjenko essaya de rester impassible. Il ne voulut pas montrer sa surprise, de peur de blesser une éventuelle future compagne.

— As-tu l'heure ? demanda-t-elle d'une voix rauque.

— Euh… Midi.

— Merci.

Sur ce bref remerciement, l'inconnue disparut aussi vite que celle aux cheveux noirs.

Intense, une déception, où se mêlaient la colère et l'impuissance, heurta

Dovjenko. Pourquoi la vie lui jouait-elle ces mauvais tours ? Pourquoi le destin se moquait-il de ses espérances, s'amusant à les détruire ?

Une réponse s'inscrivit en lettres de feu dans l'esprit du flâneur : l'oncle Jacob se vengeait, tout simplement ! L'homme assassiné, de l'au-delà où il séjournait dorénavant, s'arrangeait pour intervenir dans les plans de son neveu, s'acharnant à les ruiner.

« Tu as voulu me tuer afin de mener à terme tes louches machinations, petit insolent ! Tu n'éprouves aucun remords, en plus ! Eh bien, tant pis pour toi, je t'empêcherai de tirer profit de ma mort, sois-en certain ! »

Adrien imaginait sans peine son oncle, le visage empourpré par la colère, en train de prononcer ces paroles.

Songeur, Dovjenko regagna le manoir. Il y chercha en vain l'abbé. Son allié s'était probablement absenté pour quelque raison. Déprimé, le propriétaire des lieux se prépara un frugal repas.

À présent, comment meubler l'après-midi ?

Sortir ? C'était s'exposer à de nouvelles déceptions. Rester au manoir ? Ce choix équivalait à cultiver l'ennui, à lutter en vain contre le lent écoulement du temps.

Finalement, trop nerveux pour rester passivement chez lui, Adrien sortit. Il se rendit au cinéma dans l'espoir d'oublier ses préoccupations. Le film ne parvint pas à l'intéresser. Ces péripéties convenues interprétées par des acteurs sans charisme réussirent seulement à l'irriter.

Le reste de la journée s'étira interminablement. Dovjenko parcourut la ville, s'attendant à un miracle, essuyant déception sur déception.

Quand il se décida à rentrer chez lui, sa montre indiquait vingt heures.

Encore une fois, il ne trouva personne au manoir. Le silence et la solitude régnaient. Le jeune homme n'avait pas faim, se sentait las, épuisé.

Le temps s'écoulait au ralenti.

Au bout d'une succession d'éternités, Dovjenko entendit des pas dans le couloir. On se dirigeait vers la salle à manger. L'abbé entra dans la pièce, un journal à la main. Il adressa un sourire cordial à son allié, s'avança vers la grande table au centre de la pièce.

Adrien ne put s'empêcher de lancer :

— Ma foi, on perd son temps, l'abbé ! À quoi une telle lecture peut-elle vous servir ? Remettez-vous-en à la magie, voyons ! Deux ou trois incantations et vous connaîtrez l'état exact de la politique mondiale, les prévisions de la météo et les résultats sportifs. Pourquoi vous fatiguer à lire ?

Brusquement furieux, Feichleimer lança le journal par terre, martela la table de ses poings en s'écriant :

— Tais-toi, jeune imbécile ! Tu ne comprends pas encore ? Combien de fois devrai-je te le répéter : tu dois croire ! Croire ! Croire ! Si tu t'obstines à douter, rien n'arrivera. Tu t'englues dans le banal, tu te vautres dans le quotidien ! Enlève ton manteau de rationalité, laisse tes préjugés au vestiaire.

Surpris par les véhémentes remarques de son aîné, déconcerté par leur poésie insolite, Adrien répondit :

— Mais... je ne doute pas, c'est là le plus triste. Je veux croire, je veux m'émerveiller. Mais rien ne se passe.

Vous avez dit aujourd'hui, non? C'est la limite. Demain, il sera trop tard. Or, il est déjà presque vingt et une heures.

— Il ne suffit pas de vouloir croire. Il *faut* croire. Tu gâches tout avec ton incertitude, quand t'en apercevras-tu?

— Mais je crois! Si je mentais, ce…

Un son aigu et bref interrompit les paroles du garçon.

La sonnette de la porte d'entrée. À cette heure… Fallait-il espérer? Non… Non… Le jeune homme s'efforça de se calmer. Une nouvelle déception l'attendrait s'il comptait trouver la magie sur le perron, incarnée par une jeune fille. Il devait aller ouvrir, certes, mais sans idées préconçues, sans…

L'abbé lui jeta un regard accusateur.

— Le doute t'envahit! Je le vois! reprocha-t-il d'une voix puissante. Cesse de te méfier! Laisse-toi submerger par l'impossible.

Feichleimer avait raison. Il fallait marcher jusqu'à la porte avec des espérances d'enfant, vivre l'instant avec toute l'intensité possible. Tant pis si une déception suivait; ce serait la dernière…

Dovjenko se précipita vers l'entrée. Il ne regarda même pas à travers le judas. Il ouvrit la porte.

Sur le seuil, une jeune fille blonde le dévisageait. Frappé par ce spectacle, Adrien faillit s'évanouir.

3

L'ÉNIGMATIQUE TRIANGLE

Constatant l'hébétude de Dovjenko, l'abbé prit l'initiative.

— Bonsoir, mademoiselle. Pouvons-nous vous aider ?

Sans répondre, la jeune fille promena ses yeux gris bleu autour d'elle. Elle laissa passer un moment, puis balbutia :

— Dans ma tête… Il y a un immense trou. Ma mémoire s'est enfuie.

— Que voulez-vous dire ? demanda Feichleimer, visiblement troublé. Êtes-vous amnésique ?

— Amnésique ? répéta la jeune fille.

Ses yeux s'agrandirent, comme si ce mot la ramenait lentement à la vie. Un peu de rouge colora ses joues. Elle reprit :

— Je m'appelle Marie, Marie Castel*…

* *Le Carrousel pourpre*, collection Atout fantastique, n° 54.

De cela, je me souviens. D'autres détails me reviennent. Mon âge, seize ans… Je… Je ne me rappelle plus rien d'autre.

— Où habitent vos parents ? Quelle école fréquentez-vous ? demanda l'abbé pour stimuler la mémoire défaillante de l'inconnue.

— Je… Je ne sais pas.

Elle fixa l'abbé droit dans les yeux et, soudain envahie par une profonde angoisse, elle répéta, en appuyant sur chacun des mots :

— Je ne sais pas !

L'abbé se tourna vers Adrien, tentant de dissimuler sa jubilation :

— Amnésique ! Te rends-tu compte ? Amnésique ! Une fille sans passé, surgie de nulle part !

Surmontant sa nervosité, Adrien demanda :

— Pourquoi êtes-vous venue ici ?

Son interlocutrice, toujours plongée dans un état second, répondit :

— Je ne sais pas… Je ne sais pas…

Sur ces paroles, elle se laissa lentement tomber sur le sol et ferma les yeux.

— Bien ! décida l'abbé. Nous allons conduire cette jeune personne dans une des chambres d'invités. Elle a besoin de sommeil, elle semble épuisée. Laissons-la dormir, c'est sans doute le meilleur service à lui rendre pour l'instant. Demain, nous l'interrogerons.

Adrien eut envie de protester. Il voulait tout savoir. Il aurait désiré forcer la jeune fille à répondre, lui arracher tous ses secrets. Une question s'inscrivait au fer rouge dans son esprit : l'arrivée de cette jeune fille était-elle la manifestation de la magie tant attendue ? Était-elle *l'élue* ? Serait-elle la future mère de l'enfant magique, sa compagne éventuelle ? Disposait-elle de dons surnaturels ?

Le propriétaire du manoir la trouvait séduisante et tragique, la considérant presque comme une héroïne mythique, au passé chargé d'énigmes fascinantes.

Dovjenko comprenait cependant la justesse des décisions de l'abbé. Il n'arracherait rien de plus à l'amnésique. Il fit taire son impétuosité et donna son assentiment par un mouvement de la tête.

Ils conduisirent la visiteuse vers la plus grande chambre d'invités du manoir. L'abbé demanda à Dovjenko de quitter la pièce.

— Pourquoi ?

— Il faut la dévêtir.

— Et alors ?

— Cette scène risquerait de te troubler. Nous ne savons encore rien de cette fille. Tu pourrais t'amouracher… Tu n'as jamais vu de femme nue, je suppose.

Adrien sentit la colère l'envahir.

— Et vous ?

— Ne sois pas insolent ! Tu viens d'assister au miracle promis, non ? Que demandes-tu de plus ? Cesse de me nuire. Sors d'ici !

— Vous ne connaissez rien au surnaturel, vous me l'avez dit ce matin. Je peux rester avec vous si je le désire.

— Tu es jeune, sans expérience…

— Rien à faire, l'abbé, vous ne fléchirez pas ma volonté. Ce manoir m'appartient, vous êtes chez moi et vous n'avez pas le droit de me donner des ordres.

Contrarié, l'abbé consentit à ce que Dovjenko soit à ses côtés.

— Nous lui retirerons seulement son chandail et sa jupe, alors, marmonna-t-il.

Ces paroles intriguèrent Adrien. S'il comprenait bien, l'abbé aurait entièrement dénudé la jeune fille sans la présence d'un tiers dans la chambre. Mais pourquoi ? Quelles obscures motivations animaient Feichleimer ? Le jeune homme eut envie de soulever la question, mais il contint sa curiosité. Ni le moment ni l'endroit ne convenaient à cette discussion, mais l'abbé ne perdait rien pour attendre. Dès le lendemain, il serait sommé d'expliquer son attitude suspecte.

Ils allongèrent la jeune fille inerte sur le lit. La lumière de la lune éclairait le lit de manière étrange.

Les deux hommes contemplèrent le spectacle pendant un instant, puis se séparèrent en silence, gagnés par une rancœur mutuelle.

Adrien se coucha et tenta en vain de s'endormir. Trop agité, il se tournait et se retournait dans son lit, galvanisé par le souvenir du dernier événement. Le visage de l'inconnue le hantait, ne cessait de tourner autour de lui comme une image spectrale.

Il s'acharnait à formuler les hypothèses les plus contradictoires.

Et si…

Et si l'inconnue était une alliée de Feichleimer ? Ce dernier aurait pu engager cette fille — une étudiante, une amie, une parente, n'importe qui.

— Soyez au manoir à vingt et une heures exactement !

Prévoyant la colère de Dovjenko, Feichleimer aurait organisé cette scène pour mieux le tromper, pour vaincre les doutes de son allié. L'abbé le prenait-il pour un imbécile ?

Quelques détails permettaient d'étayer cette supposition. Feichleimer ne cessait de temporiser, de mentir pour mieux repousser les événements : il avait commencé par cette fausse apparition d'Onirica, laissant ensuite passer beaucoup de temps. Puis, il avait raconté ces histoires de père magicien et de pouvoirs surnaturels... Il pouvait fort bien avoir engagé une complice pour mieux berner Adrien.

Par ailleurs, le jeune homme avait été frappé, en voyant Marie, par la similitude entre l'inconnue et l'héroïne amnésique qu'il avait créée et mise en scène dans plusieurs de ses romans et nouvelles : *Le Carrousel pourpre**, *La*

---

* Collection Atout fantastique, nº 54.

Pharmacopée du frisson gigantesque, *L'Empire des xénophages* et tant d'autres. Le religieux avait-il profité de cette obsession d'Adrien pour mieux le convaincre ?

Mais, toujours, la même question revenait : qu'avait-il à y gagner ? L'abbé ne croyait quand même pas rendre le jeune homme fou afin de le déposséder de son héritage, comme dans un de ces feuilletons gothiques dont regorgeaient les journaux du dix-neuvième siècle !

Quel pouvait être le motif qui poussait Feichleimer à organiser une mise en scène aussi invraisemblable ?

Dovjenko réfléchissait. La même réponse s'imposait : le manoir, la fortune héritée… C'étaient les seules raisons plausibles. De toute façon, n'en allait-il pas toujours ainsi dans ce genre d'affaires ? Tant de sombres passions s'éveillaient à l'annonce d'un héritage fabuleux…

La seule pensée d'une mystification suffisait à rendre Adrien furieux. Il s'imagina en train de pousser Feichleimer dans le foyer de la cheminée, comme il l'avait fait pour son oncle Jacob. Cette fois, en revanche, le jeune homme ne s'en tenait pas là. Armé d'un lourd tisonnier, il frappait à coups redoublés le visage de l'ecclésiastique, encore et encore. Les traits de Feichleimer disparaissaient bientôt sous l'action conjuguée du fer et du feu. Électrisé par la rage, Adrien se déchaînait, poursuivait son œuvre destructrice, s'acharnait sur le cadavre de l'abbé en criant :

— Pourquoi ? Pourquoi ? Pourquoi ?

Enfin, vaincu par l'épuisement, il laissait tomber le tisonnier sur le tapis et s'écrasait sur le sol en haletant.

Ce scénario fantasmatique, loin de calmer Dovjenko, l'empêchait de se laisser gagner par le sommeil. Trouvant ce repos forcé insupportable, Adrien se leva et marcha jusqu'à la porte de sa chambre. Il l'ouvrit en prenant garde de ne faire aucun bruit. Il ne voulait surtout pas trahir son activité nocturne et risquer d'attirer l'attention de l'abbé.

Machinalement, il se dirigea vers la chambre de Marie. Dovjenko eut juste le temps de voir la porte se refermer à demi sur une silhouette furtive.

L'abbé !

Ainsi, cet hypocrite profitait de l'absence d'Adrien pour mener à terme ses louches manœuvres.

Décidément, Adrien avait été bien inspiré en se levant. Il arrivait juste à temps pour surprendre le traître.

Tout en avançant vers la porte de chambre entrouverte, il tendit l'oreille. Entendrait-il les paroles tant redoutées ? Surprendrait-il la jeune fille en train de causer avec l'abbé, les deux complices se moquant de la crédulité de leur victime ?

Le silence régnait toujours.

Maintenant qu'il était devant la porte, Adrien se hasarda à jeter un coup d'œil.

L'abbé lui tournait le dos et ne pouvait le voir.

Toujours inanimée, l'amnésique semblait sommeiller. Feichleimer tira les couvertures. Puis, sans perdre de temps, il entreprit de la dévêtir.

Dovjenko serra les dents. Devait-il entrer dans la pièce et sermonner l'abbé ? Il préféra attendre. L'abbé, sans s'en douter, lui livrerait ses secrets. Il avait affirmé n'avoir jamais entretenu de relations intimes avec les élèves Pierre Laverne et Pascal Venisse. Adrien l'avait cru. Feichleimer allait-il à présent se livrer à l'assouvissement de quelque basse passion ?

Adrien redoutait la suite des événements et, tout en condamnant le geste de l'abbé, il se laissait envahir par une étrange excitation. Le dos de Feichleimer cachait la jeune fille, empêchant l'observateur de voir la nudité de Marie. Dovjenko, troublé, admit regretter de ne pas réussir à voir le corps de la jeune fille. Il ne pouvait s'empêcher d'imaginer les épaules satinées... Les rayons de la lune devaient leur donner un aspect semblable à celui d'une statue de marbre.

L'ecclésiastique se penchait sur les pieds de la dormeuse. Fébrile, il les fixait, les manipulait en respirant de façon saccadée. Adrien n'y comprenait plus rien. À quelle perversion s'adonnait ce dépravé ?

Incapable de se contenir une seconde de plus, il entra dans la pièce en vociférant :

— Menteur, crapule ! Laissez cette fille immédiatement et sortez de ma demeure !

Feichleimer leva un visage lumineux vers Adrien. Une joie intense embrasait

la tête de l'abbé, une euphorie démesurée, proche de la folie, l'incendiait.
Son regard brûlait, comme si les yeux
s'apprêtaient à exploser sous l'effet d'un
bonheur insoutenable.

— La marque! Elle a la marque!
s'écria le professeur sans tenir compte
des menaces d'Adrien.

Dovjenko fronça les sourcils. L'ecclésiastique feignait-il cet enchantement
subit pour mieux le tromper? Dans
l'expectative, Adrien exigea des expli-
cations.

— Viens voir par toi-même!

Ainsi, l'abbé ne lui interdisait plus la
vue de la jeune fille dévêtue? À quoi
rimaient ces agissements contradictoires?

Avec émotion, le jeune homme jeta un
regard sur le corps de Marie. Il venait à
peine de le contempler, chaviré, quand
l'abbé tendit un doigt vers le milieu du
pied gauche de l'amnésique.

— Regarde!

Il désignait ainsi une curieuse marque
noire triangulaire.

— C'est un signe, reprit l'ecclésiastique. Cette figure confirme la nature
magique de la fille.

— Pourquoi ? demanda Dovjenko en lorgnant vers le haut du corps de Marie.

Feichleimer surprit ce regard et recouvrit prestement l'amnésique. Adrien voulut protester.

— Comme d'habitude, tu ne comprends rien ! tempêta soudain l'abbé, dont la jubilation cédait la place à une vive contrariété. L'heure n'est pas au voyeurisme béat. Sortons d'ici. La fille ne se réveillera pas, je lui ai donné un somnifère tout à l'heure. Je t'ordonne de me suivre, car tu ne m'écouteras pas si nous demeurons en présence de cette ingénue dont tu sembles t'être épris avec ton inconscience caractéristique.

Adrien ne protesta même pas. Il s'efforça de demeurer calme et emboîta le pas à son aîné.

Parvenu au salon, l'ecclésiastique s'assit dans un fauteuil et riva ses yeux sur ceux de son interlocuteur.

— Rappelle-toi mes paroles : le chiffre trois, tu t'en souviens ? Quintessence de toute magie, le triangle, par ses trois côtés et sa géométrie ésotérique, indique trop bien les potentialités de Marie Castel.

— D'où sortez-vous cette histoire ? Pourquoi ne pas m'en avoir parlé avant ? Vous justifiez toujours vos assertions *a posteriori*. On peut difficilement vous prendre au sérieux…

Feichleimer serra les dents.

— Ton scepticisme me dégoûte, jeta-t-il. Quand cesseras-tu enfin de douter ? Tu nous nuis avec ta rationalité !

— Je vous l'ai dit et je le répète : je crois ! Je veux seulement comprendre. Vous me livrez des bribes d'explication de temps à autre, et vous me demandez de tout accepter sans protester.

Ces propos calmèrent le religieux.

— Tu as raison, concéda-t-il. Je n'ai pas pu t'en parler avant, car le savoir m'a envahi au moment où j'ai vu cette jeune fille. Je t'ai déjà parlé de la façon dont les connaissances magiques s'imposaient à moi. Elles surgissent comme des révélations, comme une certitude subite. Je ne peux même pas douter, je *sais* de façon certaine et indiscutable. Ce soir, quand j'ai aperçu Marie, dehors, tout de suite, une voix secrète s'est écriée en moi : « Si elle possède la marque, c'est bel et bien l'élue ! » Il me fallait vérifier.

— Mais bon sang, pourquoi ne m'avoir rien dit ?

— À cause de ton incrédulité. S'il n'y avait eu aucun signe, comment aurais-tu réagi ? Dans un accès de colère, tu m'aurais ordonné de quitter le manoir, risquant de compromettre notre projet car, tôt ou tard, une fille magique *devait* venir ici. Pour cette raison, je t'ai demandé de quitter la chambre de notre visiteuse afin de vérifier sans crainte si elle avait cette marque.

J'ignorais sous quel aspect la marque se présenterait, mais j'étais certain de la repérer tout de suite. Un triangle… Comprends-tu toute la symbolique ? Elle, toi et moi formons les trois segments de l'entité magique. Étant la dernière à se manifester, il était normal qu'elle portât sur son corps le signe de notre union.

Songe également à l'heure de son arrivée : neuf heures, le soir… Trois fois trois heures ! Encore le trois, ce nombre qui nous suivra partout, j'en suis certain !

L'abbé se tut. Encore une fois, Adrien se sentait vaincu par les paroles du religieux. Ce dernier lui fournissait une explication mystérieuse, rebelle à la rationalité, mais fortifiée par une logique interne et irréductible aux raisonnements quotidiens.

Dovjenko dévisagea son partenaire. Il aurait voulu lui arracher son masque de chair, le déchirer pour découvrir la vérité tapie sous les apparences. Si seulement il pouvait lire dans l'esprit du religieux !

Pensif, il prit congé de Feichleimer, regagna sa chambre et se recoucha, plus rassuré.

Songeant à la marque triangulaire, il revoyait ce symbole, si noir sur la peau blanche. Il comprenait l'enthousiasme de l'abbé. La marque annonçait un univers rempli de promesses.

Après les premiers moments d'exalta-tion, le jeune homme ne put empêcher l'incertitude de revenir le tourmenter. Il sentait les doutes le ronger encore une fois. Ce signe sur le pied de Marie ne prouvait rien, après tout. Feichleimer avait pu le dessiner à l'aide d'un crayon-feutre. Cette action aurait cependant impliqué la complicité de la jeune amnésique. En effet, l'ecclésiastique n'aurait pu profiter de son inconscience pour tracer ce triangle sur son corps :

à son réveil, la fille se serait étonnée de découvrir cette curieuse marque.

Toutefois… l'abbé pouvait tirer parti de l'amnésie de Marie. Elle apercevrait avec stupeur ce symbole sur son pied ? Et alors ? Sa surprise n'accusait pas le religieux pour autant : *amnésique, Marie avait fort bien pu oublier ce triangle*. Encore mieux, le symbole avait pu apparaître tout à coup, sous l'action de forces magiques, comme ces stigmates qui surgissent parfois sur le corps des mystiques.

Décidément, il s'avérait difficile de résoudre le mystère. Il conviendrait cependant d'interroger la visiteuse dès le lendemain matin. De cette entrevue dépendrait l'attitude à prendre.

Adrien revit en pensée le visage de la troublante jeune fille. Il aurait voulu aller s'étendre à ses côtés, la serrer contre lui, enfouir son âme dans sa blancheur. S'y perdre, s'y anéantir comme un voyageur dans une tempête de neige.

Cette vision apaisa peu à peu Dovjenko. Ses pensées devinrent floues et, bientôt, le sommeil le submergea.

4

NOUS SERONS TOUS
DES AMNÉSIQUES

Adrien se réveilla vers onze heures. Un coup d'œil au réveille-matin lumineux l'en avertit et il ne put s'empêcher de se sentir déconcerté. Trop nerveux pour dormir paisiblement, il était certain de se lever très tôt.

Feichleimer l'avait-il drogué? Il repoussa cette idée. Il ne fallait quand même pas sombrer dans la paranoïa. Quoique...

Il s'habilla et se rendit aussitôt dans la salle à manger, s'attendant à y découvrir l'abbé en pleine conversation avec leur charmante hôte. Contre toute attente, il surprit plutôt Feichleimer, l'air préoccupé, en train de prendre des notes dans un carnet. En apercevant Dovjenko, il referma rapidement le petit livre à couverture noire.

— On écrit aussi ses pensées secrètes, l'abbé? demanda narquoisement Adrien. Il faudra me montrer vos textes. Après tout, vous avez bien consulté les miens sans mon autorisation.

— Elle dort encore, répondit l'ecclésiastique, visiblement soucieux d'orienter la conversation dans une autre direction.

Le visage du jeune homme s'assombrit. Ainsi, il devait encore attendre!

Il se résigna. Décidément, au terme de cette histoire, il aurait développé sa patience…

— Savez-vous quand elle se réveillera? demanda-t-il.

— Au début de l'après-midi, sans doute. C'est mieux ainsi. Elle sera reposée et plus en mesure de subir nos questions sans flancher.

Le reste du petit déjeuner s'étira en discussions banales. Feichleimer évita d'aborder tout propos relatif à la situation actuelle. Il craignait peut-être d'éveiller le doute ou la colère de son vis-à-vis.

Dès treize heures, Dovjenko somma son associé de se rendre à la chambre de Marie Castel.

— Si vous refusez, menaça-t-il, je vous ordonnerai de me laisser lire vos notes, pour passer le temps !

L'abbé se leva sans dire un mot. Nerveux, Adrien le suivit. Les minutes avant d'atteindre la chambre de l'amnésique lui parurent interminables, comme si elles s'étiraient, engluées dans un marécage temporel, prêtes à se figer.

Enfin, il aperçut la porte de la chambre. La main de l'ecclésiastique se posa sur la poignée de porte, elle la tourna… Le battant pivota.

Marie Castel, assise dans le lit, dévisageait ses hôtes avec une lueur d'effroi. Puis, elle parut se souvenir d'eux, car la frayeur céda la place au soulagement. Un sourire se dessina sur ses lèvres.

— Bonjour, mon enfant, dit Feichleimer d'une voix mielleuse. Comment allez-vous, ce matin ?

— Bien, merci.

— Et vos souvenirs ?

La jeune fille baissa les yeux. Sa voix exprima un certain découragement.

— Le vide, toujours.

— Habillez-vous et venez nous rejoindre dans la salle à manger. Nous discuterons amicalement et peut-être votre mémoire reviendra-t-elle enfin. Nous allons vous attendre dans le couloir.

L'abbé referma la porte derrière eux. Les deux hommes attendirent quelques minutes, dans un silence seulement troublé par le froissement des vêtements sur le corps de Marie. Ce bruissement évocateur fit naître de fugitives visions dans l'esprit d'Adrien. Puis, enfin, elle parut.

Dovjenko s'efforça de ne pas la regarder, car il craignait que son regard ne trahisse ses pensées secrètes.

La jeune fille semblait calme. L'abbé avait eu raison de lui prescrire un repos prolongé, car son visage avait perdu la pâleur spectrale de la veille.

Marie reprit des forces grâce à un repas confectionné par l'abbé. Celui-ci l'interrogea sans plus attendre. Il tâcha de parler à l'amnésique d'une manière courtoise et bienveillante.

— Vous semblez aller mieux ce matin. Nous nous sommes beaucoup inquiétés pour vous, mon fils et moi.

Adrien lança un regard froid à l'abbé. Quoique formulé avec beaucoup de naturel, ce mensonge ne lui plaisait guère. Il témoignait de la facilité avec laquelle l'ecclésiastique savait tromper ses interlocuteurs. Cette fausse affirmation raviva les inquiétudes de Dovjenko à propos de la sincérité de l'enseignant.

Marie s'empressa de rassurer Feichleimer :

— Ne craignez rien, je vais beaucoup mieux maintenant.

— Nous aimerions vous aider. Hier, j'ai tenté de vous interroger afin de retrouver vos parents, vos amis… De quoi vous souvenez-vous ? N'ayez pas peur de relater tous les détails, même s'ils vous semblent dénués d'importance.

— Mon passé, avant mon arrivée chez vous, semble très vague. Si je remonte le plus loin possible, je me revois, dans la ville, entourée de buildings, de boutiques… J'aperçois des visages inconnus… Je marche au hasard, comme dans un rêve. Tout est diffus, irréel. Je me sens de plus en plus fatiguée, je suis perdue, j'ai froid, je suis épuisée. Je voudrais me coucher sur le sol, entrer dans la terre et y mourir. Sa voix, au fond de moi, me crie de ne pas abandonner.

Cette phrase singulière n'étonna pas l'abbé. Il y vit un reste de confusion dans l'esprit de son interlocutrice.

— L'instinct de survie vous a sauvegardée… À moins que vous ne deviez remercier votre ange gardien. Mais poursuivez, mon enfant, dit l'abbé.

— Me voilà devant votre maison. C'est mon dernier espoir, je le comprends. La simple idée de parler, de rencontrer d'autres humains m'enlève mon énergie. Je risque de m'effondrer devant cette épreuve insurmontable. Je monte les marches conduisant au perron, c'est difficile, très difficile. J'ai l'impression de gravir un escalier interminable. Je poursuis cette longue ascension et enfin, au bout de combien d'heures ? de journées ? j'atteins la porte. Je dois sonner. Mes mains sont lourdes, lourdes… Je ne les maîtrise presque plus. Au prix d'un effort démesuré, je parviens à mes fins. Vous m'ouvrez… Je lutte pour ne pas m'écrouler… Vous connaissez la suite. Je ne peux malheureusement pas vous en dire plus.

— Vous vous nommez Marie Castel. Vous devez être étudiante si j'en juge par votre jeune âge.

— Je l'ignore. Vraiment. Je ne peux rien ajouter. Ni parler de mes parents, ni de ma demeure… Je me rappelle ces notions générales, mais je ne réussis pas à les faire correspondre avec des visages ou des noms.

— Castel… Si nous regardions dans l'annuaire téléphonique ? Peut-être y trouverions-nous un parent ? suggéra Dovjenko.

L'abbé lui jeta un regard hargneux. Visiblement, il ne souhaitait pas aider Marie à retrouver son père ou sa mère. Il feignait être animé par de bonnes intentions uniquement afin de rassurer la jeune fille.

— Oui, répondit-il en souriant à son hôte, voilà une excellente suggestion. Nous nous en occuperons.

— Je vous remercie de tout mon cœur. Vous êtes si aimables, tous les deux ! répondit l'amnésique.

Elle s'interrompit, puis reprit, avec une déception évidente :

— Malheureusement, d'après Samuel, c'est inutile. Quelques Castel figurent dans l'annuaire, c'est vrai, mais ce ne sont pas mes parents.

— Samuel ? demanda l'abbé en haussant les sourcils.

— Oui.

— Je ne comprends pas. De qui voulez-vous parler ? Vous vous souvenez d'un Samuel ?

— Non… Enfin oui… C'est-à-dire… Je ne l'ai jamais oublié.

Interloqués par ces paroles énigmatiques, Adrien et Feichleimer s'approchèrent de la jeune fille et la considérèrent avec beaucoup d'attention. Marie délirait-elle ? D'une voix très douce, l'abbé demanda :

— Expliquez-vous mieux, mon enfant, nous ne comprenons pas vos propos.

— Samuel est l'enfant-esprit qui vit en moi…

Les deux hommes tâchèrent de demeurer impassibles en réprimant toute manifestation d'incrédulité. L'abbé, de nouveau fébrile, dissimulait difficilement son grand intérêt. Il somma Marie de mieux s'expliquer. Celle-ci obéit sur-le-champ, sans s'arrêter à l'étrangeté de ses propres paroles.

— Dans ma tête, j'entends de temps à autre la voix d'un esprit.

Il me dit s'appeler Samuel. Il est éternellement jeune. Il existe en fait depuis des centaines d'années. Son enfance éternelle lui permet de distinguer et de comprendre les secrets du monde.

J'ai l'impression de le connaître depuis toujours. Pourtant, notre premier entretien remonte peut-être à hier. Comment savoir ? M'a-t-il visitée en raison de mon amnésie, car le vide dans ma tête lui laissait un espace suffisant pour s'installer ? Après tout, les esprits ont besoin d'espace, eux aussi...

Samuel est un ami généreux, attentif. Quand je pense à lui, il vient et discute avec moi s'il en est capable. Parfois, il ne répond pas à mes appels. Il ne m'a jamais dit pourquoi. Je crois qu'il voyage ailleurs, dans un autre monde où ma voix ne lui parvient pas. Quand je lui ai demandé de justifier ce silence, il m'a répondu : « Certains mystères ne seront jamais dévoilés, car il est impossible de les dissiper. » C'est d'ailleurs Samuel qui m'a encouragée à me rendre ici, dans cette demeure. Il m'a soutenue avant mon arrivée parmi vous, pendant cette période où je me sentais si troublée...

Un long silence plana après cette étonnante révélation.

— Peux-tu lui demander de venir te voir maintenant ? s'enquit l'abbé.

Marie hocha la tête. Elle se concentra. Anxieux, les deux hommes retenaient leur respiration. Après un moment, l'amnésique releva la tête :

— Je suis désolée. Il ne répond pas à mes appels. Il doit visiter d'autres amis en ce moment.

— S'il venait, peut-être pourrait-il vous aider, suggéra Dovjenko.

— Je l'ignore. Si c'est le cas, je pourrais en effet retrouver ma famille. Ce matin, j'ai fouillé dans les poches de mes vêtements, mais je n'y ai trouvé aucune pièce d'identité, aucun portefeuille. J'ai songé un moment à m'adresser à des policiers afin de m'aider. Toutefois, je me suis souvenue d'un ordre de Samuel. Il m'a dit : « Demeure au manoir jusqu'à mon retour et, surtout, ne prends aucune initiative. » Oui, ce sont là ses dernières paroles.

C'est étrange, je n'éprouve aucun désir de quitter ces lieux. Je m'y sens étrangement à l'aise, heureuse, comme si je venais de retrouver des amis perdus depuis très longtemps. Je me sens presque chez moi.

— Peut-être y êtes-vous sans le savoir, mon enfant, murmura Feichleimer.

— Que voulez-vous dire?

— Mon fils et moi sommes nous aussi amnésiques.

Dovjenko se raidit en entendant cette phrase. L'abbé se tourna vers lui. Il darda son regard dans les yeux du jeune homme.

— Oui, Adrien. Ce que tu crois être ton passé a-t-il jamais existé? S'agit-il plutôt d'une habile construction imaginaire? Rien ne nous prouve son existence. Qui t'assure que tes souvenirs, dont tu ne saurais mettre en doute la véracité, n'ont pas été implantés dans ton cerveau par moi, par quelqu'un, par une puissance invisible?

Dovjenko frémit. L'abbé était en train de le rendre fou. Comment, ensuite, ne pourrait-il pas voir partout des monstres? Ces créatures naîtraient de sa folie et il les tiendrait pour réelles.

Rompant la tension provoquée par sa dernière intervention, Feichleimer invita

Marie à profiter d'une douche réconfortante. La jeune fille accepta l'invitation en souriant. L'abbé ajouta, en tendant un sac :

— J'ai pris la liberté de choisir pour vous quelques vêtements dans la garde-robe de ma défunte épouse. Vous pourrez les essayer. Ils vous conviendront sûrement.

L'ecclésiastique indiqua à l'amnésique la direction de la salle de bains et la salua. Celle-ci suivit ses indications et disparut.

Adrien sauta sur l'occasion pour reprocher à l'abbé ses mensonges.

— Pourquoi racontez-vous ces balivernes ? En plus, vous osez fouiller dans les affaires de ma mère sans me demander l'autorisation. Vous ne cessez d'inventer des histoires incongrues. Essayez-vous de tester votre capacité à berner vos proches ?

Feichleimer jeta un regard oblique à Dovjenko.

— Mais Adrien, protesta-t-il, *je suis ton père* ! Que me racontes-tu là ?

C'en était trop ! Où le religieux voulait-il en venir ? Le jeune homme menaça l'abbé.

— Cessez votre cirque, l'abbé, ou je vous flanque à la porte séance tenante.

Feichleimer baissa la tête sans dire un mot. Il se comportait comme un père très âgé, accablé en face d'un fils ingrat soudainement devenu fou. Cette attitude, loin de calmer Adrien, stimula sa fureur.

— Et pourquoi vous êtes-vous mis à délirer sur la réalité et la mémoire ? Je vous préviens, l'abbé, si vous avez engagé cette fille pour vous payer ma tête, vous le regretterez. Vous avez suscité en moi l'instinct du meurtre, ne l'oubliez pas. Voudriez-vous en subir les conséquences ?

Adrien prononça ces dernières phrases pour impressionner l'ecclésiastique avant tout. En vérité, il ne s'était jamais senti assassin. Le meurtre de l'oncle Jacob lui semblait toujours être un événement oublié, presque vécu par un autre, comme le souvenir d'un film vu des années auparavant. Tête baissée, le religieux gardait le silence.

— Répondez ! ordonna Dovjenko.

L'enseignant leva la tête. Il semblait véritablement triste.

— Je n'invente rien, Adrien, je te le répète. Par ailleurs, j'espère que tu es assez intelligent pour le comprendre, le destin vient de nous faciliter le chemin d'une manière extraordinaire. Nous n'avons même pas besoin de créer l'enfant magique, car Marie le porte déjà en elle : Samuel. C'est un des nombreux paradoxes magiques : nous formerons une trinité tout en étant quatre !

Perplexe, Dovjenko se détourna. Il quitta la pièce, de crainte de se livrer à quelque éclat. Il s'enferma dans sa chambre, l'arpentant de long en large. Un début de migraine commençait à germer dans sa tête ensemencée par les propos de l'abbé. Mais s'agissait-il vraiment d'un simple mal de tête ou l'arbre de la folie étendait-il ses branches tordues dans son cerveau ?

Marie devait être à présent sortie de la douche. Seule cette certitude donna à Dovjenko le courage de se rendre de nouveau dans la salle à manger, où il redoutait une autre confrontation avec l'abbé.

Les deux jeunes gens arrivèrent en même temps dans le couloir. L'amnésique salua le propriétaire du manoir. Ce dernier hocha la tête en la dévisageant. Elle portait une longue robe noire qu'on aurait pu croire conçue pour elle. Adrien n'avait jamais vu sa mère porter ce vêtement.

Marie, en apercevant l'abbé, lui dit :

— Samuel m'a parlé, voilà cinq minutes ! Je ne suis plus en contact avec lui, mais je peux répéter ses propos comme il me l'a demandé.

— Allez-y, mon enfant, l'encouragea le religieux.

— Voici ses paroles exactes : « Vous êtes réunis en ces lieux pour transformer la réalité. Moi, Samuel, serai désormais votre porte-parole. Cependant, je ne pourrai m'adresser à Marie qu'en votre absence, du moins pour le moment. Ne tentez pas de l'espionner pendant nos entretiens. Je romprais immédiatement le contact, vous ne verriez ni n'entendriez rien, et je vous châtierais promptement pour votre insolence. »

C'est là le message de l'enfant-esprit.

— A-t-il expliqué comment nous devrions procéder pour changer la réalité ? s'enquit Feichleimer, nerveux.

— Non. Il nous l'expliquera sans doute dans un proche avenir.

— Parle-nous encore de Samuel. Est-il humain ?

— Je l'ignore. Peut-être.

— Comme Onirica ? ne put s'empêcher d'ajouter ironiquement Adrien.

Personne ne releva cette remarque. L'abbé poursuivit :

— Pourquoi nous aide-t-il ? Quelles sont ses motivations ?

— Il n'en a pas. Il se plie aux exigences de l'instant, se laisse guider par les voix de la vérité et de la magie. Elles lui disent comment agir.

— Comme moi, murmura l'abbé, troublé. As-tu eu le temps de l'interroger sur ton passé ?

— Oui.

— Qu'as-tu appris ? D'où viens-tu, qui es-tu ?

— Selon mon ami, je suis une jeune fille magique destinée aux événements les plus exceptionnels. J'ai éternellement seize ans et je vis une multitude d'existences mystérieuses. Au terme de chacune d'entre elles, mon destin retourne à sa source : l'amnésie efface tous les souvenirs susceptibles de me nuire ou d'affecter mes futures missions. Je rencontre alors d'autres êtres et une nouvelle tâche m'est assignée.

— L'esprit t'a-t-il mentionné d'anciennes... missions auxquelles tu as participé ?

— Non. Cela équivaudrait à trahir d'importants secrets. Il m'a seulement appris que j'ai souvent influencé le destin des mondes, du vôtre, notamment.

— À présent, si je comprends bien, nous devons attendre la prochaine manifestation de Samuel ?

— Oui.

— Comme Onirica, répéta Adrien.

— Cesse de te moquer de moi, tonna l'abbé en se tournant vers le jeune homme.

Sans plus se soucier de ménager Marie, il s'écria :

— Tu ne sais rien, tu n'es rien, tu vis la plus extraordinaire des aventures et tu ne cesses de la gâcher avec ton cynisme ridicule ! Connais-tu Onirica ? Non, évidemment. Alors pourquoi t'en moques-tu ?

Dovjenko répliqua :

— Vous avez avoué avoir inventé de toutes pièces ce personnage pour mieux me convaincre.

— Et alors ? Cela prouve-t-il l'inexistence de cette entité ? Tu viens de le dire : j'ai *inventé* Onirica. Inventé. Créé. Elle existe forcément, maintenant, grâce à moi.

Exaspéré par ce raisonnement, Adrien rétorqua :

— Présentez-la-moi, alors !

— La voici, répondit l'abbé en désignant Marie de la main droite.

Celle-ci sourit innocemment. Adrien l'interrogea sans aménité :

— Samuel vous a-t-il dit quand il se manifesterait ?

— Très bientôt.

Cette réponse vague agaça profondément Dovjenko. Dans un accès de colère, il eut envie de voir l'abbé et la jeune fille quitter le manoir et ne plus jamais revenir. Il éprouvait tout à coup l'impression inquiétante de perdre tous ses repères, même au sein de ce décor familier. Seul l'espoir de vivre enfin la magie tant attendue l'empêchait de céder à ses pulsions vengeresses.

Ainsi, il faudrait encore attendre. Depuis sa rencontre avec l'abbé, tout se résumait à cette inactivité forcée, à cette quête d'un invraisemblable rêve.

Rêve… Sommeil… Dormir…

Bientôt, le jeune homme se sentit envahi par une étrange torpeur. Une intense fatigue s'abattit sur lui. Dans un dernier sursaut de méfiance, il dévisagea l'abbé. Celui-ci venait de s'effondrer dans un fauteuil, visiblement terrassé. Que se passait-il donc ? Et Marie… L'amnésique le couvait d'un regard plein d'amour, en chantonnant une mélopée dont Adrien perçut les paroles, juste avant de perdre conscience :

— Ma mémoire s'est enfuie…

Comment suis-je arrivée ici ?

Ce jour-là, Adrien Dovjenko et Georg Feichleimer s'endormirent pour la dernière fois, leur mission accomplie.

Quand Marie Castel aura fini d'écrire ces quatre chapitres que je lui dicte, elle me dira :

— Merci, Samuel.

Puis, elle s'effondrera sur la table, emportée par l'oubli comme les deux hommes.

SECONDE PARTIE

Apocalypse

1

MAGIE NOIRE

Journal d'Alain Dalenko

2 juin

Aujourd'hui, en cette belle et chaude soirée d'été, je prends la plume pour entamer la rédaction de ce journal personnel, suivant la suggestion émise par Florence. Elle m'a toujours prodigué de bons conseils et je n'ai jamais eu à me repentir d'avoir suivi ses recommandations.

D'après ma compagne, ces notes me serviront un jour. Sans doute a-t-elle raison.

Ce matin, au déjeuner, mon père me dévisageait d'une manière singulière. Quand il me regarde ainsi, il tente toujours de dissimuler l'une de ses inquiétantes idées derrière un regard faussement innocent. Or, s'il existe un homme dépourvu de candeur, c'est bien lui. Certes, on pourrait parfois le taxer d'une certaine naïveté. Au cours de sa vie, ses expériences occultes lui ont en effet valu de nombreux revers dont il n'a jamais tiré aucune leçon. Peut-être cette inconséquence est-elle attribuable à sa passion pour la magie noire et le surnaturel. Cet enthousiasme indéfectible pour l'ésotérisme remonte avant ma naissance, voilà dix-huit ans.

Georges ne compte plus les catastrophes suscitées par son imprudence à se lancer dans les entreprises les plus irréfléchies. Loin de se laisser abattre, il sort de chaque épreuve encore plus résolu à continuer.

Du vivant de ma mère, il répétait souvent, l'œil dans le vague, en tirant une bouffée de sa pipe de bruyère : « C'est un défi lancé par les forces surnaturelles, par les nécromants, les sorcières, les fantômes, les démons… On veut me narguer, m'effrayer ? Qu'à cela ne tienne ! Je leur prouverai à tous, m'entends-tu, Marianne ? À tous ! Je leur montrerai que Georges Dalenko ne saurait être muselé, qu'il triomphera, qu'il maîtrisera les puissances infernales. À force de persévérance et de recherche, j'obtiendrai enfin la clé des secrets dont l'humanité rêve depuis toujours : la richesse, les pouvoirs magiques, la puissance… »

Ma mère ne répondait jamais à ce laïus. Pendant des années, elle avait, paraît-il, tenté de raisonner papa, s'efforçant de le convaincre d'abandonner ses pratiques magiques. Au fil du temps, elle avait fini par reconnaître l'inutilité de ses efforts. Même le plus implacable rhétoricien ne persuaderait jamais Georges de se ranger. Il faut admettre, à la décharge de papa, que certaines de ses expériences occultes se sont soldées par des résultats inquiétants, certes, mais très probants.

Il prétend notamment avoir séduit ma mère par des invocations et un sacrifice. Marianne s'est longtemps amusée de cette affirmation, qu'elle supposait fantaisiste. Vers les dernières années de sa vie, toutefois, le doute s'est emparé d'elle. Après tout, pouvait-elle expliquer logiquement son attirance pour Georges Dalenko ? Pas vraiment. Ses parents l'avaient même reniée pour avoir voulu épouser cet homme bizarre. Elle se rendait aussi compte qu'elle aurait dû juger sévèrement maints actes répréhensibles de son mari.

Mon père raconte avoir choisi ma mère pour obtenir d'elle un enfant magique. Il avait détecté en elle des vibrations secrètes, répète-t-il à qui veut l'entendre. L'enfant magique, c'est moi, Alain Dalenko. Papa plaisante-t-il ? Je suis persuadé du contraire, même s'il aimait véritablement ma mère.

En effet, comme je l'appris plus tard en discutant avec lui, Georges s'était livré, pendant les semaines précédant ma conception, à de longues études ésotériques de son cru afin de choisir « l'heure et le jour parfaits » pour maximiser mes pouvoirs occultes.

Ce choix et mon éducation ne demeurèrent pas sans conséquences.

À titre d'exemple, je me souviens aujourd'hui d'un événement marquant de mon enfance. La journée de mon neuvième anniversaire, Georges organisa une grande fête dans notre imposante demeure victorienne. Tous mes compagnons de classe acceptèrent mon invitation et nous profitions de cette belle journée de janvier pour nous égayer sur le vaste terrain de la famille Dalenko lorsque je prétextai une migraine pour me rendre dans ma chambre.

Le matin même, mon père, d'un ton bourru, m'avait averti : « Tu dois te montrer à la hauteur, Alain ! À l'aide des enseignements du grimoire dont je t'ai fait cadeau, venge ton honneur bafoué et punis cet impudent ennemi. »

Mon père faisait allusion à Josef Michalowski, le jeune garçon qui, dans la cour d'école, me rossait à la moindre occasion.

J'ouvris le gros volume poussiéreux qui m'avait été offert voilà quelques heures. Je relus le passage indiqué par mon père.

« On prend un gros crapaud et on lui administre le baptême en lui donnant les nom et prénom de la personne qu'on veut maudire. On lui fait avaler une hostie sur laquelle on a prononcé des formules d'exécration, puis on enveloppe l'animal dans un drap noir. On le lie avec des cheveux de la victime en invoquant les âmes des damnés et on enterre le tout sous le seuil de la porte du maléficié. L'esprit élémentaire de ce crapaud hantera ses songes, cauchemar de toutes ses nuits et vampire de sa raison, à moins que l'envoûté ne sache le renvoyer au malfaiteur. »

Cet imbécile de Michalowski ne saurait jamais réussir cette manœuvre, à coup sûr…

Dans mes mains crispées, je tenais encore quelques mèches de cheveux fraîchement coupés de Josef Michalowski. Je n'avais éprouvé aucune difficulté à obtenir ces cheveux, grâce à un jeu apparemment anodin auquel tous les invités participaient : il s'agissait d'un concours pour déterminer qui pouvait s'enorgueillir de la plus belle chevelure. Une somme d'argent considérable promise au gagnant avait facilité la participation des plus rebelles...

Quelques jours plus tôt, j'avais craint que Michalowski ne se présente pas chez moi. Cependant, aiguillonné par le défi et soucieux de préserver sa réputation de dur à cuire, il vint courageusement à la réception. À l'aide de ces quelques mèches prélevées sur sa tête, je pourrais enfin exercer ma vengeance...

La nuit même, un peu avant l'aube, je me rendis en compagnie de mon père à la demeure rustique des Michalowski. Leur maison située en retrait du village nous permit d'enterrer en toute quiétude la dépouille du batracien mort.

Les jours suivants se déroulèrent sans apporter de changements notables chez Josef. Puis, exactement une semaine plus tard, il brilla par son absence à l'école. Quand il revint après un congé forcé de trois jours, il affirma avoir été très malade. Deux cernes d'un noir profond entouraient ses yeux. Il semblait inquiet et n'affichait plus son arrogance caractéristique.

Au beau milieu du cours d'histoire, il se mit à hurler : « L'Écorcheur noir ! Il vient organiser les enchères aux mannes humaines ! Nous y serons tous vendus ! »

Le directeur le reconduisit personnellement et recommanda aux parents beaucoup de repos pour le jeune garçon. Michalowski ne revint jamais plus à l'école et j'appris, quelques mois après l'incident, en surprenant une conversation entre deux enseignants, que les spécialistes de l'institut psychiatrique où il résidait maintenant n'avaient pas réussi à amoindrir, même à l'aide de puissants anxiolytiques et sédatifs, l'étrange psychose dont il souffrait…

Oui, Georges est capable de tout… Je pourrais consacrer des pages entières aux récits de nos expériences occultes. Aussi, je ne peux m'empêcher de me demander à quoi il travaille, à cette heure de la nuit, dans son bureau. J'ose à peine imaginer la réponse. Mais il est tard, le sommeil me gagne et demain, je le suppose, saura répondre à toutes mes questions…

2

MAGIE BLANCHE

3 juin

Quand je me suis réveillé ce matin, un grand effroi s'est emparé de moi. Aussitôt les yeux ouverts, j'ai sondé mon esprit pour n'y trouver que le vide. Une étrange phrase s'est écrite en lettres noires sur le fond de néant blanc laissé par mes souvenirs disparus : « Ma mémoire est un courant d'air balayé par la tempête ». Je ne me rappelais plus rien. Qu'avais-je fait la veille ? Impossible de le dire. Comment m'appelais-je ? Je l'ignorais.

Je jetai un coup d'œil à la petite table de nuit, à côté du lit, pour y découvrir un cahier noir. Je m'empressai de l'examiner.

Il contenait un seul texte, daté du 2 juin. D'hier.

Je le lus avidement et je pris connaissance d'effrayantes révélations.

S'agissait-il vraiment de mon journal ? Était-ce plutôt l'amorce d'une nouvelle, d'un roman ?

Inquiet, j'ouvris la porte de ma chambre et errai dans des corridors inconnus. Dans quelle vaste demeure me trouvais-je donc ? Chez moi ? Chez un ami ? Un parent ?

Un grand miroir me renvoya mon image, celle d'un jeune homme assez grand, aux cheveux noirs. Je pouvais avoir dix-huit ans, comme l'affirmait le journal, mais rien ne prouvait pour l'instant la véracité du reste.

Un large escalier me mena à l'étage inférieur, où je rencontrai un homme âgé d'une quarantaine d'années, dont le visage présentait des similitudes prononcées avec le mien. C'était sans doute mon père. Les yeux de l'inconnu témoignaient de son anxiété, de sa confusion.

— Papa ? avançai-je d'une voix incertaine.

L'homme dut percevoir le doute dans ma voix, car il répondit :

— J'ai perdu la mémoire. J'ignore qui vous êtes.

Aussitôt, je m'empressai de rassurer mon interlocuteur : je partageais sa situation. Je lui révélai l'existence du journal découvert dans ma chambre, en m'empressant de préciser sa nature énigmatique.

L'homme le lut avec avidité. Une fois sa lecture terminée, il me dit :

— Par commodité, peut-être devrions-nous revêtir, pour l'instant, les noms de ces personnages… Alain.

Je hochai la tête. Si nous découvrions une jeune fille, sous peu, les indices en faveur de la véracité du journal risquaient de s'accumuler de façon inquiétante.

Je venais à peine de me livrer à cette réflexion quand elle parut. Elle… Une belle jeune fille aux longs cheveux noirs dont les yeux sombres et expressifs nous interrogèrent successivement, Georges et moi. Elle semblait si désemparée que nous comprîmes immédiatement sa confusion. D'une voix rassurante, Georges l'interrogea :

— Vous ne vous rappelez rien, n'est-ce pas ?

La jeune fille hocha la tête.

De nouveau, je tendis le cahier à l'inconnue en lui expliquant la situation. Elle se hâta de le lire pendant que Georges et moi attendions en silence. À la fin de sa lecture, elle releva la tête et nous considéra, pensive.

— J'accepte de tenir le rôle de Florence, décida la jeune fille.

— Pour le moment, nous devrions commencer par explorer cette demeure, dit Georges. J'approuvai sa proposition.

Nous déambulâmes dans les couloirs, fouillâmes les pièces une à une. Un silence pesant régnait sur les lieux. D'étranges objets encombraient plusieurs chambres, et dans maintes pièces, nous ne pûmes nous empêcher de frissonner.

Ainsi, la première salle nous causa un certain choc. Nous y découvrîmes une immense fresque représentant un vieillard barbu, un couteau à la main, debout sur une montagne d'enfants morts, tranchant la tête d'un homme ailé. À sa droite, deux clowns forçaient une ballerine à entrer dans un gâteau forêt-noire hérissé de lames de rasoir. À gauche, une femme vêtue d'habits sacerdotaux lévitait au-dessus d'une assemblée de crapauds. La femme présentait une grande ressemblance avec Florence. Le vieillard, lui, avait des airs de famille avec mon père (et, par conséquent, avec moi).

Deux phrases dominaient la fresque : « Le 3 juin de l'année des élus marquera le début d'une nouvelle ère. Alors les cavaliers glauques viendront et la réalité n'aura plus rien de réel. »

Au milieu de cette première pièce trônait un autel débordant de livres rédigés dans des langues inconnues, truffés de signes inquiétants et d'illustrations malsaines. Sur une petite feuille blanche, nous lûmes ces notes manuscrites : « L'ouverture de la brèche est-elle possible ? Rien de moins sûr. Essayer de s'en assurer lors du prochain voyage. Sacrifice si nécessaire. »

Une substance sèche et granuleuse recouvrait l'autel, sous les volumes. Georges l'identifia immédiatement comme du sang.

Les trois pièces suivantes ne présentaient aucune particularité notable, il s'agissait de chambres sans ameublement ou décoration inusités, sauf une photocopieuse dans la dernière chambre visitée, dont la présence s'expliquait difficilement.

La porte de la quatrième salle donnait accès à un escalier s'enfonçant dans les profondeurs de la terre. Nous n'osâmes pas nous aventurer dans cet endroit dépourvu d'interrupteur électrique et d'éclairage.

La pièce suivante était une prison munie de lourds barreaux, vide de tout occupant.

Nous y lûmes ce quatrain, écrit en lettres rouges sur le sol :

« Préparez-vous pour le nouvel
                            avènement
Ils viendront vous prendre quand
                        l'heure sonnera
Ils emprisonneront votre âme dans
                        une cage de fer
Ils en feront une lanterne pour
                    éclairer l'Enfer »

À ce moment, un bruit strident retentit. Quelqu'un appuyait sur la sonnette près de la porte d'entrée. Comment pouvais-je reconnaître ce son ? Je l'ignore, mais je l'identifiai sans hésitation. Où se trouvait le hall ?

— Laissons-nous conduire par notre instinct. Quelque part en nous se terrent le souvenir du passé et la réponse au présent, m'entendis-je prononcer comme dans un état second.

Aussitôt, nous nous dirigeâmes d'un même pas vers le bout du couloir, passâmes ensuite dans un salon confortablement meublé et arrivâmes à la porte d'entrée.

Devant le seuil, un messager vêtu de noir nous tendit un billet plié en quatre.

«Monsieur Derek Keller désire vous parler.»

Georges leva la tête vers l'homme sombre. Le chapeau aux larges bords rabattus sur ses yeux nous empêchait de bien le distinguer.

— Dites à monsieur Keller de se présenter.

Aussitôt, l'homme descendit les marches du perron et ouvrit la porte d'une limousine garée dans la rue. Un homme au visage sec et aux cheveux gris, vêtu d'un smoking, marcha d'un pas alerte jusqu'à nous.

Avant de nous parler, l'inconnu leva la main gauche à la hauteur de son épaule, l'index et le majeur dirigés vers le ciel, le bras droit le long de son corps, l'index et le majeur pointés vers la terre. Puis, constatant notre absence de réaction, il tendit la main droite à mon père :

— Dalenko !

Georges la serra, essayant de ne pas laisser voir son inquiétude.

— Alain ! s'exclama-t-il en me regardant. *Alors, toujours passionné par les momies ? Je me souviens du poème que tu m'avais offert en cadeau pour mon anniversaire, l'an dernier :*

« J'ai envie de chanter le noir
le vide et sa maigreur
le gouffre et sa chaleur
de mettre le néant en boîte
et de le ranger sur une étagère trop
haute. »

L'inconnu esquissa une laborieuse parodie de sourire.

— *Et vous, ma chère Florence, précieuse exploratrice des rêves ? demanda-t-il.*

Il embrassa la jeune fille sur les lèvres, comme s'il en avait l'habitude.

— *Toujours aussi délicieuse, reprit-il. Remercions la sorcellerie par laquelle la jeunesse éternelle permet à de vieux hommes comme moi de goûter encore aux plaisirs de la vie.*

Il couvrit Florence d'un regard nostalgique, puis dévisagea Georges encore une fois.

— *C'est bon de vous revoir ! Vous semblez un peu pâle, cependant. Je sais ce que c'est, ne vous en faites pas. Moi-même, j'ai souvent traversé de longues nuits blanches en pleine transe, à visiter les mondes infernaux, à poursuivre les innocents, à déchirer* leurs âmes pour en immoler les morceaux aux démons de l'aube.

— Entrez, mon cher Derek, dit Georges en s'effaçant pour laisser passer le visiteur. Vous voudrez bien prendre place au salon et nous donner les dernières nouvelles.

J'appréciais l'habileté avec laquelle mon père opérait pour soutirer des renseignements à l'inconnu. Ce dernier, une fois confortablement assis, un verre de whisky à la main, nous dit :

— J'ai été heureux de recevoir votre coup de fil hier et d'apprendre que, grâce à mon soutien, vous aviez enfin découvert la clé secrète capable de modifier la réalité, d'ouvrir les portes de l'Enfer, en quelque sorte.

— L'Enfer est une notion relative, ajoutai-je afin d'en savoir plus.

— Un bon point pour vous, Alain. Je suis heureux de constater vos progrès dans la connaissance de l'occultisme. Ces notions manichéennes de Bien et de Mal véhiculées par maintes religions officielles viennent d'une simplification ridicule, c'est trop vrai. Les anges sont aussi dangereux que les démons et les territoires d'en haut sont remplis de pièges, nous le savons également. Mais notre amour de la nuit et de l'obscurité nous fait préférer les sphères d'en bas, voilà tout. Alors ?

Je ne me souviens plus de ce qui est arrivé après ce discours de Keller.

3

MAGIE BLANCHE

4 juin

Quand je revins à moi, la lumière du matin entrait par la fenêtre de ma chambre. Sur ma table de nuit, je découvris un mini-magnétophone.

J'enfonçai la touche play *et j'écoutai. Une voix sortit bientôt des minuscules haut-parleurs de l'appareil. Elle ressemblait à la mienne.*

«Cher auditeur, j'ai compris ta situation. Tu es amnésique. Tu doutes, tu ne sais plus où tu en es, qui tu es. Laisse-moi te l'apprendre : tu es Alain Dalenko, sorcier et fils du sorcier. Ton père — mon père — Georges a découvert, dans la nuit du 2 juin dernier, le moyen d'ouvrir les portes de la nuit. Georges et moi avions toujours voulu y parvenir et enfin, papa venait de découvrir le moyen de concrétiser ce rêve, se gardant de me prévenir pour m'en faire la surprise. Nous sommes dégoûtés par la réalité, par la banalité. Nous voulons lâcher la folie sur le monde, car nous y voyons le seul moyen efficace de changer radicalement sa face bien-pensante. Nous méprisons l'humanité, sa mièvrerie, son goût pour la « vie », cette notion risible entre toutes. Nous détestons ce monde pathétique et ses sottes valeurs : la politique, le conformisme, les normes, la loi…

Je n'en dis pas plus, c'est inutile. Je n'ai pas à me justifier. Nous ne sommes d'ailleurs pas seuls à viser ces objectifs et maintes associations amies poursuivent les mêmes buts, de manière différente : le Cercle des Frères du Vice, les Fils du Scalpel, les Frigorifiés…

Ton amnésie ne t'a pas rendu complètement idiot, je l'espère. Tu n'ignores pas que la vie est un combat incessant. On doit toujours affronter les autres, se battre. Je n'échappe pas à cette triste règle. En effet, des factions ennemies s'opposent à nos projets, veulent conserver à tout prix l'ordre des choses, craignent le changement.

Pour parvenir à leurs fins, elles ont élaboré un fâcheux moyen : nous rendre amnésiques chaque jour, mon père, Florence et moi, pendant une grande partie de notre état de veille. Comment procèdent-elles ? Elles se regroupent et concentrent leurs énergies psychiques pour aboutir à ce résultat. Oui, je sais, elles ont du temps à perdre et ce n'est pas moi qui te contredirai. Si j'ai bien compris, aussi, en plus de te (me) rendre amnésique, elles parviennent à te transmettre leurs valeurs tièdes et à te faire accepter leur mode de pensée : horreur pour le soi-disant « Mal », couardise, incapacité à considérer les hommes comme de simples morts-vivants déjà condamnés par le Temps...

Elles ne sont pas infaillibles, aussi parfois sentiras-tu monter en toi d'authentiques pulsions de sorcier, les miennes, les tiennes, quoi que tu en penses. Ne te laisse pas convaincre par leurs chimères ! Tu es moi !

Tu te demandes comment je suis au courant du plan d'attaque de nos ennemis ? Ce n'est pourtant pas compliqué. De nombreux alliés ne demandent qu'à nous renseigner. Mon père passe souvent des nuits entières en état de transe, laissant son esprit voyager sur tous les plans spirituels et consulter leurs habitants pour connaître les secrets de ses adversaires. Nous n'avons toutefois pas eu besoin de recourir à ce moyen : des initiés avaient prévenu Keller. Il nous a mis au courant de la situation, après vous avoir mis à l'épreuve pour vérifier jusqu'à quel point vous étiez envoûtés. Vous n'avez même pas répondu à son signe d'allégeance à l'obscurité !

Pour l'instant, nous sommes malheureusement incapables de remédier à cette malédiction et votre amnésie est complète. Vous vous sentez complètement différents de nous.

Retranscris mes paroles dans ton cahier, pour savoir où tu en es et poursuivre notre mission, même si l'amnésie s'y oppose. Tes souvenirs s'arrêtent sans doute au milieu d'une conversation avec Keller. Pourquoi ? C'est simple : à ce moment, ma mémoire est revenue et toi, l'amnésique, mon autre personnalité, tu as été relégué au placard, au brouillard dont tu proviens. Afin de te tenir au courant des événements, j'ai enregistré pour toi la discussion avec Keller. Je te préviens, inutile de chercher à le berner. Il sait que Florence, papa et moi sombrons dans l'amnésie plusieurs heures, chaque jour, et saura reconnaître votre personnalité de la nôtre par une multitude d'infimes détails témoignant de votre état de non-initiés.

Ne trahis pas ta vraie nature, ne nuis pas à tes intérêts les plus profonds. Tu es un sorcier, un ami du crime, capable de tout pour parvenir à tes fins. Ne l'oublie pas.

La voix de Georges Dalenko se fit entendre :

— Excellente synthèse, fils. Une seule et dernière précision à notre auditeur amnésique : ne *jamais* oublier de faire lire quotidiennement ton journal à tes deux semblables, pour leur transmettre les derniers développements. Bien. Où en étions-nous, Keller ?

— À l'inauguration officielle du réservoir à monstruosités.

— Cher auditeur, tu as sans doute visité cette salle du premier étage où ne se trouve qu'un escalier s'enfonçant dans le sol. Ce passage vers l'Ailleurs ne s'y trouvait pas, hier. Après de longues recherches, je suis parvenu à imposer sa présence permanente ici, chez moi. J'y travaillais depuis de longues années. De là monteront tous les cauchemars du monde. Dès demain, les premiers êtres se présenteront. Tu devras les accueillir, en compagnie de Florence. N'aie aucune crainte, ils ne te feront pas de mal. Laisse-les sortir de la maison et rejoindre le monde extérieur où ils s'épanouiront au milieu du chaos.

Bon sang, Keller, ça y est déjà ! L'amnésie revient. Je me sens la tête lourde… Je vais m'effondrer… Florence et Alain aussi… Veille sur eux. »

Des bruits confus succédèrent à ces paroles et un claquement indiqua la fin de l'enregistrement.

4

MAGIE BLANCHE

5 juin

En ce début d'après-midi, je prends la plume afin de tout consigner. De nombreux événements se sont déroulés depuis hier et, si je ne veux pas perdre le fil conducteur, je dois absolument les narrer ici.

Georges et Florence ont pris connaissance du journal et de la cassette. D'abord sceptiques, ils ont fini par se rendre à l'évidence.

— As-tu dicté cet enregistrement en plein délire ? me demanda Georges.

— Je préfère ne pas prêter croyance à cette histoire, moi non plus, répondis-je, mais enfin, papa, nous devons en avoir le cœur net. Après tout, des faits troublants ébranlent nos convictions. Pourquoi sommes-nous amnésiques ? Pourquoi nos souvenirs communs du 3 juin se sont-ils interrompus au même

moment ? Et aucun d'entre nous ne se souvient de la fin de notre entretien avec Keller !

— Je veux bien l'admettre, mais les voix sur l'enregistrement ? Nous reconnaissons celles de Keller, la tienne…

— Encore une fois, tout peut s'expliquer rationnellement. Peut-être as-tu de grands talents d'imitateur…

— Et Keller ? s'enquit Florence. Est-il encore ici ? Nous devrions le chercher.

— Sans doute, confirma Georges. Cependant, le plus urgent demeure la vérification du réservoir à monstruosités. Allons-y sans plus attendre.

Nous nous levâmes. J'avais trouvé une torche électrique encore fonctionnelle. Ainsi équipés, nous pourrions descendre cet escalier et voir où il conduisait.

Nous étions terrifiés, mais aucun de nous n'osait l'avouer. D'abord, cette grande peur aurait pu dégénérer en épouvante contagieuse ; ensuite, nous redoutions de prêter puérilement croyance à des affabulations insensées.

Je revois très bien la scène en écrivant ces mots…

Georges ouvre la porte prudemment. Elle bée sur le vide. Nous distinguons seulement *les premières marches. Je m'avance sur le seuil, braque le cône lumineux de la torche vers les ténèbres. Alors, un phénomène extra-ordinaire se produit : la lumière refuse de trouer l'obscurité. Elle semble se heurter à un mur infranchissable. Après les sept premières marches, pas moyen de distinguer quoi que ce soit.*

Le cœur battant, je descends les trois pre-mières marches, dirigeant toujours la lumière de la torche devant moi. Rien à faire : après la septième marche, on ne voit rien. Je descends encore trois marches. Encore une autre. Passé celle-ci, c'est la nuit, le vide à l'état pur.

Tendu, je me retourne.

Sur le seuil, Georges et Florence me dévi-sagent, inquiets. Ils semblent très éloignés. Je tente de sourire. Je ne sais plus quoi faire. Je me décide enfin à tendre la main devant moi. Qu'arrivera-t-il ? Un couperet s'abattra-t-il pour trancher ma main ? Toucherai-je la surface lisse d'une vitre peinte, d'un mur ?

Non ! Ma main s'enfonce dans les ténèbres. Elle disparaît comme dans une eau noire et opaque. On dirait qu'elle est tranchée à la hauteur du poignet, là où s'achève le bord de la septième marche. Je retire ma main. Elle est intacte. Je me risque à descendre deux autres marches. Le bas de mon corps disparaît dans l'obscurité, comme si je me trouvais à la frontière de deux mondes. Si j'immerge mon corps dans cet autre univers, peut-être serai-je capable d'y voir clair. Sans plus attendre, sans plus réfléchir, je dévale plusieurs marches. La lumière disparaît complètement.

Autour de moi, les ténèbres règnent, comme dans une chambre hermétiquement close la nuit. Très angoissé, j'écoute. J'écoute le silence. Il règne en maître ici, tellement pur, tellement plein qu'il en devient assourdissant. À l'image de cette noirceur complète qui m'entoure, le silence est parfait, absolu. Même ma respiration ne parvient pas à le briser. Je ne m'entends plus respirer. Je ne me vois plus moi-même ; je ne m'entends plus moi-même. J'ai l'impression de ne plus exister, de m'être dissous dans l'atmosphère. Pour me convaincre du contraire, je lève le pied gauche, le repose violemment sur le sol. Rien. Aucun bruit. J'essaie de tirer d'autres informations de mon environnement… Mais l'air n'est ni chaud ni froid. Aucune odeur. Rien. Je suis en zone neutre, dirait-on. Comme dans un sas.

Un sas ! Mais oui ! je viens de comprendre ! Le « monde des ténèbres » est peut-être relié au nôtre par le territoire intermédiaire où je me trouve actuellement. Je descends encore six marches. Je ne vois toujours rien mais soudain… j'entends ! Un bruit très lointain retentit, une sorte de crissement prolongé. Puis, tout à coup, très près de moi, un bruissement furtif me glace.

C'en est trop. Incapable de soutenir la tension plus longtemps, je fais volte-face, gravis les marches avec précipitation.

La lumière surgit, violente. En haut, Georges et Florence me voient apparaître avec soulagement. Comme si j'avais tous les monstres de la nuit à mes trousses, je franchis rapidement le seuil et referme la porte derrière moi. Mais ce frêle battant saura-t-il contenir les armées des ombres ?

À bout de souffle, pressé de questions par mes deux acolytes, je raconte tout. Ce récit satisfait Georges à demi. Florence, elle, me croit. Sceptique, mon père, torche à la main, ouvre la porte une nouvelle fois, et sans plus attendre, descend les marches.

Sans doute se force-t-il à une action rapide, irréfléchie. S'il pense trop, la crainte le paralysera, l'empêchera d'agir. Or, comme moi, il éprouve un besoin impérieux de savoir.

Quelques secondes s'écoulent... Voilà bientôt une minute que Georges a disparu. Que se passe-t-il ? Alarmé, je m'efforce de vaincre mon angoisse pour me préparer à une nouvelle descente. Alors, enfin, mon père revient à la surface.

Blême, hagard, il nous dévisage sans dire un mot.

Il referme la porte, se laisse glisser le long du mur et demeure ainsi prostré sans parler pendant un interminable moment. Puis, enfin, jetant sur moi un regard défait, il murmure :

— C'est impensable... Il faut absolument empêcher ce projet de réussir.

À ce moment, une voix s'élève derrière nous :

— Hélas ! Vous devrez m'aider de gré ou de force.

Nous nous retournons. Je découvre Keller sans trop de surprise. Ainsi, Florence avait bien raison et nous aurions dû suivre ses conseils. Il aurait fallu fouiller la maison pour trouver cet homme dangereux.

Dans un sursaut d'énergie, je veux me précipiter sur lui. Mais j'ai à peine fait trois pas qu'une profonde fatigue m'envahit... Keller me semble inatteignable, séparé de moi par des centaines de kilomètres.

— Vous ne pouvez rien contre moi, dit-il.

Il n'y a pas une once d'ironie ou de menace dans sa voix. Elle semble plutôt mélancolique et désabusée. Il nous regarde tristement.

— Chaque fois que vous voudrez tenter quelque chose contre moi, vos forces vous manqueront. Je suis protégé, explique-t-il, sans donner plus de détails.

Georges se lève brusquement et bondit vers son adversaire. Il s'arrête aussitôt, fauché en pleine course. Il vient de comprendre, lui aussi.

— À présent, ouvrez cette porte, ordonne Keller.

Florence exécute l'ordre.

Angoissés, nous regardons l'escalier.

— À trois heures précisément, cet après-midi, quelqu'un ou quelque chose nous attendra dans le sas. Rejoignez-moi ici à cette heure pour procéder au « repêchage ».

Nous avons regagné nos chambres et je me suis empressé d'écrire ces mots. Je me sens maintenant envahi par une étrange sensation. Mon « double » n'a pas menti. Plus je repense au réservoir à monstruosités, plus je ressens un plaisir diffus. J'ai hâte de découvrir

la surprise… J'aurais même le goût de discu-
ter avec Keller, d'en faire un ami.

Mon double avait raison.

Je suis un monstre qui s'ignore.

5

MAGIE NOIRE

5 juin

Un monstre ? N'as-tu pas dit, cher frère amnésique, que « l'Enfer était une notion relative » ?

Il en va de même pour les monstres. Par ce terme, on désigne un certain nombre d'êtres et de choses rejetés par la majorité des gens. Mais ces derniers ont souvent tort.

Encore une fois, je n'ai pas envie de me justifier.

Tu te demandes peut-être pourquoi j'écris dans ton journal ?

Je ne souhaite plus dicter mes pensées sur cassette, comme je l'ai fait le 4 juin. Je trouve l'acte d'écrire nécessaire. Il me permet de faire le point, d'y voir clair, d'acquérir une lucidité que je ne trouve pas dans l'enregistrement de mes propos. J'entamerai désormais une sorte de dialogue avec toi. Tu me liras religieusement chaque jour pour savoir où j'en suis, pour connaître les directives à suivre.

Tu as manqué l'arrivée du premier invité. Georges, Florence et moi avons retrouvé notre identité quinze minutes avant ce moment historique. Nous nous sommes empressés de rejoindre Keller. Celui-ci nous a reconnus sans s'étonner outre mesure.

Il a résumé les événements survenus au cours de la journée. Keller ne m'apprenait rien, puisque j'avais lu ton journal avant de descendre le rejoindre.

Trois heures, enfin !

J'offre d'aller chercher le « visiteur ». Requête acceptée.

À propos, tu m'as bien fait rire, cher amnésique, avec ta tentative d'explorer la nuit muni d'une torche électrique. Autant vouloir percer l'eau à coups d'aiguilles !

Me voici dans la zone intermédiaire. En effet, quelque chose repose sur les marches. Je le prends dans mes mains. C'est… Un oreiller !

Un peu désappointé, je remonte à l'air libre.

Keller s'aperçoit de ma déception. Il s'empresse de me rassurer :

— Ne t'en fais pas, Alain. Les plus grands miracles n'auront pas lieu aujourd'hui et c'est normal. Il faut donner au processus le temps de se déclencher. Qui va molto, va bene. Ne crains rien, les surprises se multiplieront au cours des prochains jours. Un objet aujourd'hui, deux demain, quatre après-demain... Puis huit, seize, trente-deux... Et des êtres, et des sorts... Toute magie exige la multiplication, tu ne l'ignores pas.

En effet, Keller, je ne l'ignorais pas, mais je ne pouvais m'empêcher de ressentir une profonde surexcitation. J'aurais tout voulu immédiatement, j'aurais souhaité découvrir une armée de formes bizarres et dangereuses. En lieu et place, je découvrais un banal oreiller. Mais, au fait, à quoi servait-il ? Un objet maléfique ? À d'autres ! Ce n'était là rien de neuf et je ne comprenais pas que les forces de la nuit nous envoient comme premier ambassadeur un présent aussi insignifiant.

Nous l'examinâmes sous toutes ses coutures sans rien trouver d'anormal. Keller nous défendit de l'ouvrir à coups de ciseaux afin, disait-il, de ne pas détruire son essence magique.

— Cet oreiller n'a pas été envoyé ici sans raison, trancha-t-il. Faites-moi confiance.

Que devions-nous faire avec cet oreiller ?

Encore une fois, Keller imposa sa volonté :

— Tant que nous ignorons la nature de cet objet, nous devrons le garder ici avant de statuer sur son sort. Toi, Alain… Pourquoi ne dormirais-tu pas avec cet objet, cette nuit ? Ce serait une bonne manière de comprendre son utilité.

J'acceptai.

Au moment où j'écris ces mots, je sens une insidieuse fatigue se glisser en moi. Encore l'œuvre de mes ennemis. Mais, au moins, cette nuit, je suis content d'aller me coucher. Oui, car je verrai sûrement des prodiges dans mes rêves, grâce à l'oreiller magique.

6

MAGIE BLANCHE

6 juin

Je me demande si je dois poursuivre la rédaction de ce journal. Je risque de transmettre ainsi d'importantes informations à mon double maléfique. Mais Keller lui apprendra tout, et les alliés que son père peut rejoindre dans les mondes oniriques, grâce à ses voyages mentaux effectués en état de transe, pourront le renseigner...

J'ai passé une nuit abominable, peuplée des cauchemars les plus sinistres.

Premier cauchemar : je suis un grand pianiste et je viens de composer La Mélodie des monstres. En fait, je n'ai rien composé du tout. Je viens de jeter sur papier des notes dictées par les monstres eux-mêmes. Grâce à cet air, ils surgissent du grand piano à queue et s'attaquent sauvagement aux voisins. Ils les torturent et les dépècent *pendant que mes doigts jouent sans arrêt cette musique.*

Deuxième cauchemar : je me promène dans une fête foraine. Autour de moi, on se livre à des activités des plus étranges. Un homme invite les badauds à visiter l'œil du vent ; aussitôt, les voilà jetés dans un ouragan dont ils ne reviennent jamais. Une loterie permet de gagner des cerveaux d'assassins célèbres, conservés dans des bocaux ; il suffit de les dévorer pour absorber la personnalité des tueurs et semer la panique dans la ville. On peut aussi gagner des tickets d'autobus donnant accès à des véhicules construits avec des peaux de chats, qui griffent à mort et éborgnent les passagers. Plus loin, un dompteur de lions organise une cérémonie funèbre qui lui donne le pouvoir d'incendier les pensées des gens.

Troisième cauchemar : aujourd'hui, c'est le « jour du grand débarras ». Il faut entreposer le long de la rue de grands sacs poubelles remplis d'ordures ménagères. Ce matin, les sacs ont décidé d'inverser leur rôle et remplissent hommes, femmes et enfants de déchets toxiques. Ils les bourrent au maximum et les laissent agoniser le long des maisons. On les lance ensuite dans de gros camions qui se chargent de les achever.

Quatrième cauchemar : de petites âmes naïves s'amusent dans la rue, mais le couvre-feu a sonné. La faucheuse des âmes se précipite sur elles, les ramasse, les déchire, les dépèce et incendie celles qui restent dans un grand brasier où elles se consumeront pour l'éternité.

Cinquième et dernier cauchemar : des vacanciers béats sont couchés sur une plage de sable blond. Le sable devient subitement acide, mais il est trop tard pour s'en aller. Ceux qui courent voient la plante de leurs pieds se désagréger, les autres se liquéfient. En peu de temps, la plage est remplie d'écorchés que le soleil achève de consumer.

Je passe sur les détails de ces rêves. Entre chacun d'eux, je me réveillais en sueur. Puis, je me rendormais, épuisé.

Après cette nuit tourmentée, je me suis levé. J'ai tourné machinalement les pages de mon journal pour découvrir les notes prises par mon double maléfique. Tout à coup, un frisson m'a parcouru le dos : et si cet oreiller à cauchemars, capable de produire des rêves monstrueux, détenait également le pouvoir de les concrétiser ?

J'ai dévalé l'escalier, me suis rendu à la porte d'entrée de la demeure. Je l'ai ouverte, inquiet. À ma grande douleur, j'ai compris que mes craintes étaient fondées.

Là où j'avais vu une rue, le 3 juin, au moment d'accueillir Derek Keller, se trouvait un immense terrain vague... Un terrain vague occupé par des forains, par une abominable fête pourpre.

Toutes les attractions imaginées dans mon rêve se déroulaient sur ce terrain ensanglanté. D'autres activités dont je ne gardais pas le souvenir s'y tenaient aussi : le concours d'écorchés, le jeu des dents cariées, le cracheur de veuves...

En envoyant l'oreiller à cauchemars, les habitants du monde d'en bas s'étaient assurés d'envahir rapidement notre univers, avec notre complicité inconsciente.

Si j'avais su ! Je me serais débarrassé immédiatement de cet objet diabolique. Mais comment pouvais-je soupçonner cette réalité ? J'attribuais ces rêves à mon esprit troublé et le pouvoir anesthésiant de l'oreiller m'endormait rapidement.

Je remontai à ma chambre et réduisis l'objet en pièces en l'ouvrant à coups de ciseaux. Grâce à mon double diabolique et à ses notes, je savais comment le détruire.

Pris d'un fol espoir, je me ruai vers la porte d'entrée. L'objet détruit, pensai-je, ses créations pouvaient avoir disparu. Une fois la porte ouverte, je sentis mon cœur étreint par une grande déception. La fête foraine battait son plein et des hurlements non équivoques me renseignaient suffisamment sur sa nature diabolique.

Je songeai aux autres cauchemars. Maintenant matérialisés, ils devaient errer dans la ville et y semer le chaos et la destruction. Exactement comme les sorciers l'avaient souhaité.

Georges survint. Je le renseignai rapidement sur la situation. Nous quittâmes la maison pour nous rendre à la fête foraine.

Je venais de comprendre que je possédais un atout non négligeable. En effet, mon double me l'avait d'ailleurs dit, tous ces maléfices ne pouvaient pas me nuire. En me tuant, ils auraient exterminé mon double et ils devaient conserver cet allié précieux.

Jamais je n'oublierai cette promenade au sein de la fête foraine.

Tout s'y déroulait exactement comme dans mon cauchemar... Blême, Georges scrutait toutes les horribles activités, incapable de s'en détacher par une fascination macabre.

Je finis par rompre sa stupeur et l'enjoignis de quitter les lieux immédiatement.

Il manifesta l'intention de sauver les victimes.

— Le temps presse ! Nous devons absolument trouver un moyen de mettre fin à cette situation. Nous devons nous en prendre à la racine du mal plutôt qu'à ses conséquences. C'est le meilleur moyen d'y mettre un terme.

— Oui, mais comment ? Comment ?

Il répéta cette question d'une voix cassée.

Keller nous attendait sur le seuil, les bras croisés sur la poitrine. Les yeux dans le vague, il nous dit :

— Je vous avais prévenus : une fois le mécanisme enclenché, on ne peut plus l'arrêter.

Nous n'essayâmes pas de nous en prendre à lui, conscients de l'inutilité d'une telle tentative. Nous nous rendîmes dans la salle à manger. Florence nous y attendait. Après l'avoir mise au courant des derniers développements, nous marquâmes une pause pour réfléchir. Florence nous interrompit et suggéra :

— Comme première étape, pour nous dissocier des sorciers, nous devrions changer

---

nos noms. Je ne veux pas porter celui d'une sorcière. Désormais, vous m'appellerez Ismaëlle.

Cette suggestion nous paraissait étrangement logique. L'expérience nous apprenait à ne plus négliger les moindres détails. J'optai pour le nom de Jacques, et Georges choisit celui d'Antoine.

Sans pouvoir en expliquer les raisons, nous nous sommes sentis très soulagés par cette nouvelle identité que nous revêtions.

— Il faut s'en prendre à la racine du mal, répétai-je, si on veut enrayer la prolifération de l'horreur. Quelle est cette racine ? Le passage, le réservoir aux monstruosités.

— Mais comment pouvons-nous le détruire ?

— En le franchissant et en nous rendant dans les territoires de la nuit. Nous aviserons une fois rendus là.

Ismaëlle et Antoine acceptèrent. Après tout, que pouvions-nous perdre ? Le temps pressait et nous n'avions aucune idée de la façon dont nous pouvions arrêter le fléau.

Je viens de jeter ces notes sur le papier pendant qu'Antoine cherche des armes. Il vient de frapper à ma porte. C'est le signal, je dois aller le rejoindre.

7

MAGIE NOIRE

6 juin

Cher « Jacques »…

C'est curieux de m'adresser à une partie de moi-même en lui donnant un autre nom. Enfin…

Ton plan a échoué car, juste avant ta descente vers l'« Enfer », j'ai réintégré mon corps. En fait, je ne devrais pas m'exprimer ainsi. La mémoire m'est revenue, et je suis redevenu moi-même, tout simplement, et non un pseudo-justicier qui croit me combattre pour des raisons personnelles…

Cesse donc de t'aveugler ! Tu es manipulé par mes ennemis, ne l'oublie pas.

En veux-tu une preuve ? Le plaisir que tu as ressenti à l'idée de fraterniser avec Keller, hier.

Pourquoi ne pas faciliter la situation au lieu de me nuire, de nuire à ta véritable personnalité ?

Keller nous a rejoints et, encore une fois, je suis descendu jusqu'à la zone intermédiaire où deux présents nous attendaient.

Après l'oreiller à cauchemars, qu'allais-je y découvrir ?

Comme hier, je remontai à la surface envahi par une perplexité certaine. Je tenais dans mes mains deux sachets de graines. Quelles surprises allaient-ils nous réserver ?

Nous nous hâtâmes de les semer.

Aussitôt, à une vitesse prodigieuse, deux phénomènes se produisirent simultanément.

Tout d'abord, un grand réverbère lugubre troua le sol à plusieurs mètres de notre demeure, vite suivi par quinze autres, de part et d'autre de la rue, près du trottoir.

Ensuite, de la terre montèrent des entités vaporeuses.

— Des graines de fantômes ! s'exclama Georges, battant des mains comme un enfant.

Les êtres immatériels s'envolèrent au-dessus de la ville. Je demandai à mon père de me renseigner sur la nature de ces spectres.

— Ce sont des sortes de parasites qui glisseront des idées de meurtre et de violence dans l'esprit des habitants de la ville. Ils répandront la folie et la décadence.

Au moment où j'écris ces lignes, je me demande encore à quoi serviront les réverbères dans la rue. Georges est en train de questionner les esprits des autres dimensions pour obtenir la réponse.

Tu constates l'inutilité de tes efforts, Jacques. Chaque jour, des phénomènes s'ajouteront à ceux de la veille et bientôt le monde aura pris un visage complètement différent.

Peut-être comptes-tu sur l'intervention des forces de l'ordre, sur la police, l'armée, les médias. Ces notions seront désuètes sous peu. Tu te demandes pourquoi ? Pendant la nuit dernière, lors de ton sommeil, j'ai parfois réintégré mon corps et j'ai rêvé moi aussi. Je peux te raconter mes deux constructions oniriques :

1) Toutes les forces répressives de la ville ont disparu. En effet, un immense portail est apparu au beau milieu d'une avenue passante. Alarmés, les membres de l'armée et de la police s'y sont rendus. Ils ont fini par l'ouvrir, et ont ainsi laissé passer une horde de minuscules insectes voraces qui les ont désossés en quelques secondes. Partout sur le globe, au même moment, des portails sont apparus, achevant de détruire ces ennuyeuses puissances coercitives.

2) Les journalistes de toutes sortes ont péri de différentes manières. Certains ont vu leur corps se recouvrir de caractères d'imprimerie corrosifs ; d'autres ressentaient d'insupportables démangeaisons et ont fini par se poignarder ou s'écorcher vifs pour annihiler la douleur ; d'autres ont voulu s'imprimer eux-mêmes, devenir des journaux vivants et ont péri sous les presses ; une dernière faction a tenté de se relier, de se brocher les uns les autres, avec des conséquences tragiques.

L'oreiller à cauchemars s'est chargé de concrétiser ces rêves. De toute manière, les faibles moyens humains dont disposaient ces groupements ne leur auraient pas permis de résister longtemps à l'envahissement de ce monde par nos invités.

Keller m'a confirmé, voilà quelques minutes, que partout dans le monde sont érigées des fêtes foraines obscures, des moissonneuses d'âmes, des plages carnivores, des incendieurs de pensées…

Avant de te quitter, Jacques, je tiens à t'éviter de gaspiller ton temps en efforts inutiles. Contrairement à ton impression, tu ne peux pas te rendre dans « les territoires de la nuit », comme tu les appelles. C'est impossible. Leurs habitants peuvent venir à nous, mais nous ne pouvons pas nous y rendre. Encore une fois, tu fais preuve d'une grande naïveté.

Lors de ta première visite dans l'escalier, si tu avais descendu encore quelques marches, tu te serais heurté à une surface rugueuse, indestructible. Une sorte de mur infranchissable. Un mur impossible à défoncer, peu importe le moyen utilisé.

Je n'invente rien et je ne te transmets pas ces informations pour te décourager. Essaie, si tu veux. Tu perdras ton temps en vain.

Tout ce que tu peux faire, maintenant, c'est jouir du spectacle.

8

MAGIE BLANCHE

7 juin

Ce matin, Ismaëlle a trouvé un cahier où une curieuse histoire était relatée, celle d'un jeune homme, Adrien Dovjenko, désirant instaurer le règne de la magie dans son univers. Avec l'aide d'un ancien religieux et d'une jeune amnésique possédée par un esprit, ils s'apprêtent à passer aux actes quand une curieuse léthargie s'empare d'eux. La fin du récit n'est pas très claire. Meurent-ils? Le texte est prétendument dicté à la jeune fille par l'esprit.

Je l'ai broché aux premières pages de mon journal après l'avoir photocopié.

En lisant ce récit, Ismaëlle a reconnu sa propre écriture. Évidemment, elle ne se souvient pas avoir jamais écrit une telle histoire. Peut-être est-ce seulement une invention de Florence?

Nous nous perdons en conjectures. Sommes-nous ces trois personnages, Georges, elle et moi ? Alors, nous aurions non pas deux personnalités, mais trois. Laquelle est la véritable ?

Quelque chose en moi hurle que le manuscrit trouvé par Ismaëlle révèle la façon de fermer le réservoir aux monstruosités... J'ai longuement discuté du manuscrit avec Antoine. L'original étant toujours agrafé à mon journal, nous n'avons pas eu besoin de sortir la copie de sa cachette. Keller dormait paisiblement dans sa chambre. Cet homme ignore actuellement l'existence de ce texte.

Nous avons analysé, lu et relu le manuscrit, certains de dénicher la réponse quelque part au cœur du récit.

— Finalement, a conclu Antoine, la réponse est sans doute simple. Feichleimer, quand il voulait créer la magie autour de lui, y croyait et la sommait d'apparaître. Elle finissait par se plier à lui. Rendons-nous à la fête foraine et voyons s'il y a moyen de détruire l'une de ses attractions.

Un peu inquiets, nous nous sommes rendus là-bas. Il y avait un grand chapiteau où se déroulait une course d'autos tamponneuses de nouveaux-nés. Nous nous sommes concentrés, main dans la main, en nous efforçant de demeurer insensibles à l'horrible spectacle.

— Fermons maintenant les yeux, décida Ismaëlle. Nous compterons jusqu'à trois et nous les rouvrirons. À ce moment, par la force de notre volonté et de notre amitié, ce chapiteau aura disparu et ne réapparaîtra plus jamais.

Je me concentrai de toutes mes forces. Je croyais vraiment en nos dons. L'histoire d'Adrien Dovjenko l'enseignait, il suffisait de croire en la magie, de croire véritablement. J'entendis mon amie compter :

— Un... deux... trois.

Quand j'ouvris les yeux, j'éprouvai un choc.

Derek Keller, vêtu d'un imperméable gris, les bras croisés, nous dévisageait sans aménité. Derrière lui, une voiturette écrasa un bébé qui hurlait.

— Vos efforts sont inutiles, dit-il.

De nouveau, je crus discerner une grande détresse sur son visage. Je ne comprenais pas son attitude. Pourquoi ne triomphait-il pas bruyamment ? Pourquoi ne nous prouvait-il pas sa supériorité à grands éclats de rire ? Il semblait au contraire sympathiser avec nous et regretter notre échec. Je surmontai ma répulsion instinctive envers cet homme et lui demandai :

— Vous n'avez pas l'air heureux. Pourtant, cette fête foraine est en partie née de vos efforts.

— En effet, répondit Keller, les yeux dans le vague. Vous vous méprenez sur mon compte. Vous ignorez tout de mon passé, de ma lassitude, de mon nihilisme. Nihilisme, oui, ce mot résume exactement mon état d'esprit. Je regarde l'écroulement de cette civilisation sans bonheur, avec une forte amertume, même, pour le souvenir de mes rêves d'antan. J'ai jadis cru en l'humanité, voilà très longtemps. J'étais jeune et naïf. À présent, seule l'évocation de mes amantes réveille mon cœur dévasté.

Il dévisagea intensément Ismaëlle. Cette dernière soutint son regard et lui demanda, pleine de douceur :

— Pourrais-je vous guérir et vous ramener à nous ?

— Hélas ! Je pourrais vous mentir pour profiter de vous, mais je n'en ai même plus envie, puisque j'ai tant connu Florence… et Marie. Vous n'avez pas leur âme, mais leur corps, que j'ai possédé de toutes les façons, demeure le même.

— Marie existe donc ! s'exclama Antoine.

— Oui. Vous avez trouvé son manuscrit, je le sais tout aussi bien que vous. Vos efforts pour le dissimuler ont été vains, puisque je l'ai trouvé là où vous l'aviez enterré, dans le jardin.

En prononçant ces paroles, il exhiba une liasse de papiers.

— À présent, vous devriez rentrer chez vous. Florence, Georges et Alain ne tarderont pas à reprendre possession de leur corps.

— Mais pourquoi serait-ce leur corps et non pas le nôtre ! m'écriai-je, dans un mouvement de révolte.

— Je les connais depuis longtemps. Je les ai vus grandir. Vous êtes les imposteurs et vous devriez l'admettre. Vous vous acharnez en vain.

Keller fit volte-face et s'en alla sans se presser.

Écrasés par notre échec, incapables de supporter plus longtemps l'atmosphère lourde de la fête foraine, nous suivîmes le conseil de Keller.

Je m'empresse de jeter ces dernières notes sur les pages de mon journal. Alain ne *tardera sûrement pas à se manifester. Je me sens encore pris d'une inexplicable sympathie pour lui. Ce sentiment survient habituellement avant mes pertes de conscience.*

9

MAGIE BLANCHE

8 juin

Aucune note d'Alain dans mon journal ce matin. J'ignore les événements qui ont pu se dérouler hier après notre retour de la fête foraine. Il a laissé le manuscrit d'Ismaëlle intact. Il ne s'inquiète plus, croyant son triomphe assuré.

Sur le seuil de la maison, j'ai trouvé une montagne d'oiseaux morts. Des nuages sombres s'entassaient dans un ciel pourpre. J'avais l'impression d'assister à la fin du monde. Une masse de serpents entrelacés rampait au milieu de la rue encombrée de cadavres.

Encore une fois, je décidai de repasser en revue chaque mot du manuscrit d'Ismaëlle. La réponse s'y dissimulait…

Il fallait procéder méthodiquement. Antoine et Ismaëlle m'ont rejoint. Nous avons lu les phrases à haute voix, en les commentant. Le titre du premier chapitre, d'abord : « Quand sonnera l'heure du meurtre joyeux ».

— Peut-être devons-nous commettre un meurtre joyeux ? suggéra Ismaëlle. Après tout, n'est-ce pas l'élément déclencheur de l'histoire ?

— Ne s'agit-il pas plutôt de la rencontre avec Feichleimer ? demanda Antoine.

Je réfléchis pendant quelques secondes et je hasardai :

— Si on veut… Notre hypothèse de départ consiste à croire que notre histoire se déroule parallèlement à celle d'Adrien Dovjenko, n'est-ce pas ? Nos destins semblent liés. Dans ce cas, nous voilà presque parvenus à la fin du manuscrit, au chapitre 4, car la rencontre des trois personnages se produit à la fin du récit.

— Oui, répondit Antoine, mais le cours de l'histoire de Dovjenko n'est pas exactement suivi, alors. Ismaëlle aurait dû arriver beaucoup plus tard.

— Je suis certain que le texte saura répondre à cette objection, répondis-je. Examinons-le attentivement.

Après quelques minutes d'examen, Ismaëlle proposa cette interprétation :

— *Nous devrions tenir compte d'un élément primordial : notre mission constitue exactement l'inverse de celle de ce jeune homme. Après tout, il cherchait à modifier la réalité, n'est-ce pas ? Nous cherchons, de notre côté, à la ramener à son point de départ. Notre histoire se déroule à l'envers de celle d'Adrien. Pourquoi, alors, ne pas la lire à l'envers, de la fin vers le début, en commençant par le dernier chapitre ?*

— *Absolument !* s'écria Antoine. *Tu as raison. Tiens, regarde le titre du chapitre 4 : « Nous serons tous des amnésiques ». Il correspond sans aucun doute au point de départ de notre histoire : nous sommes amnésiques, nous nous rencontrons. Mon personnage craint d'être fou, nous nous interrogeons sur notre passé et nous discutons.*

— *Mais alors, qui est Samuel ?*

— *Keller ! Il suffit d'y réfléchir quelques secondes pour le comprendre. Dans le récit de Dovjenko, Samuel est un allié ; dans le nôtre, histoire inversée, il est un ennemi, mais dans les deux cas, il a « fusionné » avec Marie/ Florence. Dans le premier cas, en habitant son esprit ; dans le second, en ayant déjà été son amant. Dans les deux histoires, nous cherchons à nous attirer l'aide de Keller/Samuel.*

Rappelle-toi les paroles de Keller : « J'ai tant connu Florence… et Marie. Vous n'avez pas leur âme, mais leur corps, que j'ai possédé de toutes les façons, demeure le même. » Il se référait à la possession charnelle et physique. Cependant, en suivant la logique de l'histoire inversée, Keller aurait dû arriver ici le premier, puisque Samuel est arrivé le dernier dans le manuscrit. Son retard s'explique probablement par sa nature matérielle dans notre monde, en opposition avec celle de Samuel, purement spirituelle. Une preuve supplémentaire de la supériorité de l'esprit sur la chair.

Satisfaits de cet examen, nous allions concentrer nos énergies sur le troisième chapitre quand Keller survint dans la pièce.

— Nous allons devoir quitter cette demeure, nous prévint-il.

— Pourquoi ? Que savez-vous à notre sujet ? Qui êtes-vous en vérité ?

— Le temps presse ! Nous avons perdu le contrôle. Les réverbères se sont révélés être des diffuseurs de cauchemars, agissant exactement comme l'oreiller, mais de façon plus étendue. Les cauchemars de tous les habitants de cette ville la peuplent maintenant. Hier, une horde d'écorcheurs a émergé

du réservoir, des colosses dotés d'une force surhumaine, armés de machettes et de rasoirs. D'autres entités les ont suivis : les croqueurs d'âmes, les scalpeurs de conscience, les cavaliers glauques dont les montures font pourrir tout ce qu'elles touchent, les courtisans glacés aux baisers de neige, les cigognes fanées capables de transmettre la gangrène d'un coup de bec... Et les objets magiques se sont multipliés : les casques d'écoute électrocuteurs, les piscines publiques remplies de produits toxiques, les livres dont l'encre rend fou, les télévisions suicidantes, les carrousels pourpres qui peuvent vous envoyer dans d'autres dimensions, les machines capables de transformer les humains en insectes torturés incapables de mourir, l'autoroute-ogresse, le grossisseur de bactéries carnivores...

En transe, Georges Dalenko a tenté d'interroger les forces de la nuit. Nous n'avons obtenu aucune réponse. C'est clair : maintenant qu'elles sont parvenues à envahir notre monde, ces puissances ne se soucient plus de nous. Nous ne jouissons plus d'aucune protection, nous risquons nos vies à chaque seconde de plus passée dans cette demeure. Nous n'avons plus de temps à perdre. Il faut quitter immédiatement ces lieux. Nous risquons notre vie si nous y demeurons plus longtemps, je vous le répète. Suivez-moi.

Je songeai un instant à protester, mais je comprenais le bien-fondé des remarques de Keller. Si nous restions ici et mourrions, nous ne parviendrions jamais à restaurer l'ordre initial.

J'emportai seulement quelques vêtements, des stylos, le manuscrit d'Ismaëlle, mon journal et deux autres cahiers semblables que je pourrai remplir s'il le faut.

Nous avons failli ne jamais quitter cette ville vivants. Des insectes gigantesques ont tenté de percer les vitres blindées de la voiture de Keller ; partout, des hommes et des femmes blessés, mutilés, écorchés, se traînaient dans les rues. Keller en a percuté plusieurs sans hésiter et sans donner aucune justification à son acte. Nous avons voulu l'interroger pour en savoir plus, mais il s'est borné à dire :

— Taisez-vous ! Je ne répondrai pas à vos questions. Si vous insistez, vous exposerez votre mission à un échec certain.

Ces menaces nous persuadèrent de garder le silence. Nous savions Keller capable de les restes et donnait naissance à d'étranges plantes carnivores. J'ai vu l'une d'entre elles tirer une langue démesurée, attraper un chien errant et le croquer.

J'ai entendu un bruit derrière moi. C'était Keller. Sans me prêter attention, il est sorti dehors, a franchi le cercle. Aussitôt, les colosses se sont précipités sur lui, l'ont forcé à gravir les échelons de la broyeuse. Comme les autres, il s'est jeté dans la machine.

Ainsi est subitement mort Derek Keller, emportant avec lui le mystère de ses origines.

Nous disposons seulement d'aujourd'hui et de demain pour résoudre l'énigme. Keller l'a dit : après le 10 juin, le cercle magique sera inefficace. J'ose à peine imaginer notre sort si nous sommes encore ici.

Je suppose que Georges Dalenko n'osera pas franchir le cercle, connaissant le sort subi par Keller.

Toi qui me lis, Alain, je te demande de ne pas risquer bêtement ta vie. Tu m'as demandé, voilà quelques jours, de me rallier à ta cause. Tu as constaté les résultats de ton inconscience. Je te supplie, à mon tour, de ne rien tenter et de nous laisser faire, mes amis

11

MAGIE BLANCHE

9 juin

Ce matin, un événement inattendu s'est produit.

Je me suis levé, ai lu les notes d'Alain, pris mon petit déjeuner avec Ismaëlle et Antoine. Ensuite, j'ai ouvert la porte d'entrée pour voir si des changements étaient survenus à l'extérieur. Au lieu du paysage d'hier, j'ai découvert, au-delà du cercle protecteur tracé par Keller, une immense broyeuse mécanique. Des camions remplis d'hommes vêtus de haillons arrivaient de temps à autre. Conduits, fouettés, battus par des colosses aux visages d'insectes, les prisonniers gravissaient une échelle et se jetaient dans la machine pour y être aussitôt déchiquetés. Les bourreaux vêtus d'uniformes militaires kaki crachaient sur la bouillie rougeâtre rejetée par la broyeuse. La terre buvait bientôt ces

Keller se leva sans répondre et gagna sa chambre. Après quelques mots d'encouragement, mon père me quitta lui aussi.

nous rattraperont, de toute façon. Pourquoi fuir notre propre création ?

À ce moment, mon père entra dans la pièce.

— Pour tenter de découvrir un havre où nous pourrons continuer nos expériences paisiblement. Notre monde est bouleversé. Nous serons sans doute capables de dénicher un endroit épargné grâce à ses vertus magiques. De tels lieux existent, vous le savez. Nous pourrons y habiter et même y régner…

— Si vous voulez, répondit Keller sans enthousiasme. Pour l'instant, nous devons nous reposer. La nuit vient. J'ai tracé un cercle protecteur autour de la maison. Il devrait être efficace pendant les deux prochains jours, mais vous savez comme moi que de tels moyens seront de moins en moins valables. Quand notre monde sera entièrement dominé par nos envahisseurs, ils régneront en maîtres et nous ne pourrons leur opposer aucune résistance.

— … Sauf si nous nous réfugions dans une zone magique ! objecta Georges. Ils ne peuvent franchir certaines frontières et vous le savez fort bien. Cessez de nous démoraliser. Nous trouverons l'un de ces lieux !

10

MAGIE NOIRE

8 juin

Quand je revins à moi, assis sur le lit de cette chambre inconnue, je m'empressai de lire les derniers événements consignés par Jacques. Puis, j'explorai la maison, une petite demeure d'un seul étage. Keller m'aperçut et déclara :

— Je me demande pourquoi nous avons quitté votre maison. Après tout, à quoi bon fuir ? À quoi bon vivre ?

— Nous avons réalisé notre rêve, objectai-je. Je ne comprends pas votre attitude.

— Il n'y a rien à comprendre. Je détestais tellement ce monde que je croyais ressentir du bonheur à en contempler la destruction, mais, finalement, ce spectacle m'indiffère au plus haut degré. J'aurais dû vous laisser là-bas et courir dans la rue pour m'exposer aux coups du premier attaquant venu. Ils

mettre à exécution. Très tôt, quand il nous avait empêchés, Antoine et moi, de nous en prendre à lui physiquement, il nous avait renseignés sur ses pouvoirs.

À l'heure où j'écris ces mots, nous roulons sur une paisible route de campagne. Nous ne devons cependant pas entretenir d'illusions — ce lieu, comme le reste du monde, sans doute, est contaminé et nous ne sommes pas au bout de nos peines.

et moi. Peut-être parviendrons-nous alors à nous tirer de cette situation.

En lisant le manuscrit de Marie, nous ressentons parfois l'impression de perdre notre temps en vaines analyses littéraires... Mais la réponse doit en provenir...

Nous avons résumé le troisième chapitre, raconté à l'envers : Adrien et Feichleimer aperçoivent une figure ésotérique sur le corps de Marie (Ismaëlle portait la marque, elle aussi. Elle s'empressa de nous la montrer, tout en nous demandant de la dévêtir, pour se conformer au manuscrit. Nous nous rendîmes à sa requête, malgré notre embarras. Notre amie, elle, ne manifesta aucune gêne). Adrien doute des pouvoirs réels de ce symbole, mais aimerait y croire. Puis, vient ce passage révélateur : « Par ailleurs, le jeune homme avait été frappé, en voyant Marie, de la similitude entre l'inconnue et l'héroïne amnésique qu'il avait créée et mise en scène dans plusieurs de ses romans et nouvelles : Le Carrousel pourpre, La Pharmacopée du frisson gigantesque, L'Empire des xénophages et tant d'autres. »

— Ce passage insiste sur les ressemblances entre l'écrit et le vécu. Notre destin est véritablement lié à ce manuscrit, c'est ce que nous devons comprendre, murmura Antoine. Plus encore, avez-vous prêté attention aux titres des romans et nouvelles de Dovjenko ? Le Carrousel pourpre, L'Empire des xénophages... Vous rappelez-vous les propos de Keller, hier, avant notre départ de la maison ? Il a cité de nombreux fléaux sortis du réservoir aux monstruosités, dont un carrousel pourpre. Les xénophages doivent exister, eux aussi. Je me demande si les fictions imaginées par Adrien Dovjenko ne seraient pas devenues notre réalité. Sommes-nous plongés dans l'univers imaginé par ce jeune homme ? A-t-il anticipé les événements à venir ?

Nous examinâmes le reste du chapitre où les deux hommes et Marie discutent de la situation de cette dernière.

— C'est, d'une certaine manière, ce que nous faisons en examinant ce texte, observa Ismaëlle. Nous voilà maintenant au deuxième chapitre. Si nous parvenons à remonter jusqu'au début du texte aujourd'hui, peut-être aurons-nous le pouvoir de tout régler ! D'annuler cette réalité occulte en agissant comme les personnages du manuscrit, mais en inversant la chronologie du texte ! Vous comprenez ? De cette façon, on aboutira au début du texte, où rien n'est encore arrivé, où il n'y a pas d'expériences maléfiques en cours. C'est comme si on inversait la polarité d'une pile, comme si on faisait une expérience chimique en isolant un à un chacun des éléments d'une substance pour la rendre inoffensive.

Électrisés par ces remarques, nous abordâmes le second chapitre avec encore plus d'ardeur.

Le titre, « L'insaisissable jeune fille magique », nous laissa songeurs. Il fallait sans doute y décrypter un message, mais lequel ?

Dans l'histoire à rebours, Feichleimer et Adrien « reconduisaient » la jeune fille à la porte, au lieu de la recevoir au manoir.

Nous ne poussâmes pas l'analyse tellement plus loin. La démarche à suivre nous semblait claire. Pour inverser la chronologie, il suffisait de nous rendre à la porte d'entrée avec Ismaëlle et de l'inviter à franchir les confins du cercle protecteur. La prudence nous interdisait cependant de recourir à un tel procédé.

Ismaëlle refusa d'entendre raison.

— C'est pour notre bien à tous, insista-t-elle. Il faut suivre les indications du manuscrit.

J'étais soudain pris d'un doute. Et si nous avions fait fausse route ? Ismaëlle, en s'exposant aux militaires-insectes risquerait alors sa vie inutilement.

— Nous ne nous trompons pas et tu le sais, reprit mon amie. Tu le sais dans ton sang, dans ton être. Exactement comme les protagonistes de cette histoire, tu le devines par une connaissance spontanée, inexplicable, irréductible à la logique, mais cependant certaine et incontestable. Je dois y aller. N'oubliez pas un aspect très important de notre mission : nous ne sommes pas seuls à souffrir. Pendant que nous tentons de remédier à cette situation, des milliers de victimes innocentes périssent sans doute dans les douleurs les plus vives.

Rappelez-vous également ma nature magique. On me dit destinée aux événements les plus exceptionnels. D'après le manuscrit, je dois vivre une multitude d'existences mystérieuses. Je me sens profondément imprégnée par ce sort.

Je protestai :

— *Tu nous as avertis de ne pas chercher à ressembler aux personnages du manuscrit de Dovjenko ; tu insistais sur l'importance de prendre seulement leurs actes en considération.*

— *C'est vrai... Sauf si, soudain, il ne nous est plus permis de douter.*

Sans ajouter un mot à ces paroles, Ismaëlle me serra contre elle, déposa un rapide baiser sur mes lèvres, se détourna et marcha d'un pas décidé vers la porte d'entrée.

Je voulus bondir pour la retenir, mais le bras de mon père se posa sur mon épaule. Antoine me jeta un regard empli d'une résignation triste.

La porte se refermait déjà sur Ismaëlle. Elle franchit le cercle...

Aussitôt, comme je l'avais redouté, les militaires marchèrent vers elle et, comme Keller, ils la conduisirent vers la broyeuse. Je détournai le regard, incapable de soutenir ce spectacle une seconde de plus. Mon père, lui, s'obstinait à observer l'inéluctable. Quand je le vis pâlir, je sus que l'instant final venait d'arriver.

Nous n'avons plus reparlé d'Ismaëlle. Sa mort se conformait à l'ordre des choses : elle disparaissait du manuscrit, elle devait donc aussi s'en aller de nos vies, tout comme Keller/Samuel l'avait fait avant elle.

Incapable de me concentrer sur l'analyse du texte malgré l'urgence de la situation, je demandai un peu de répit à Antoine. Il me l'accorda. Au terme de ce repos, j'ai pris le temps d'écrire dans mon cahier pour faire le point, pour mieux comprendre, pour exorciser la peine.

À présent, je voudrais aller rejoindre mon père pour terminer notre travail.

Je ressens encore, tout à coup, une inexplicable sympathie pour Alain…

12

MAGIE NOIRE

9 juin

Hélas pour toi, Jacques ! Tu n'as pu poursuivre ta mission, car j'ai réintégré mon corps.

Keller mort, mon père et moi hésitons sur la conduite à tenir. Nous nous demandons même s'il ne faudrait pas vous laisser mener à bien votre expérience, toi et Antoine.

Oui, Jacques, tu as vu juste en comprenant les liens qui unissaient ce manuscrit à ton existence. Je voudrais te féliciter pour ta clairvoyance, mais cela équivaudrait finalement à faire mon propre panégyrique. Après tout, tu es moi, ta sensibilité à la logique magique ne doit pas me surprendre.

Peut-être as-tu raison…

Je tenais à te le dire : j'ignore comme toi la provenance du manuscrit de Dovjenko. Florence m'a affirmé n'avoir jamais écrit une telle histoire. Seul Keller pouvait nous en dire plus à son sujet...

Georges vient de me transmettre ce message pour toi : nous allons vous laisser la route libre, persuadés de votre réussite. Ne perdez pas de temps. Nous tenons cependant à vous prévenir : une fois la situation réglée, nous poursuivrons nos expériences. Nous commencerons par reprendre pleine possession de nous-mêmes en découvrant le moyen de mettre fin à notre amnésie partielle. Nous avons doublement perdu le contrôle, mais nous souhaitons toujours vivre dans un environnement étrange et occulte. Peu nous importent les victimes, pour autant que nous ne comptions pas au nombre des immolés. Nous retrouverons Florence, nous la ressusciterons et tout recommencera. Cette fois, en revanche, nous nous assurerons de la collaboration d'alliés plus efficaces que Keller.

13

MAGIE BLANCHE

11 juin

Aujourd'hui, 11 juin, pour canaliser ma nervosité, je relate dans ce cahier les événements survenus au cours de la journée d'hier.

Conscients du peu de temps dont nous disposions, nous nous sommes installés dans ma chambre, Antoine et moi, après un frugal repas. Nous avons ouvert le manuscrit.

Dans cette partie du récit, Adrien déambule dans la ville sans trouver la jeune fille magique. Il revient à la maison, discute avec l'abbé et sort de nouveau.

Devais-je l'imiter et quitter la maison ? Je risquais de mourir et nous ne serions guère plus avancés. Pourtant, c'était clair pour moi sans que je parvienne à l'expliquer de manière raisonnée : je devais suivre l'exemple d'Adrien, en inversant la chronologie de ses actes, bien sûr.

Je marchai jusqu'à la porte d'entrée. Je tournai la poignée, poussai le battant.

Dehors, il n'y avait personne.

Les militaires étaient partis, en ayant emporté la broyeuse avec eux. Soulagé, je me rendis aux frontières du cercle protecteur. Je humai l'air et me sentis aussitôt moins fatigué et anxieux. Je franchis le cercle. Rien ne se produisit. Le silence régnait. Les plantes carnivores ne donnaient aucun signe de vie.

Je regagnai la maison.

Il fallait à présent lire le dernier chapitre dont le titre ne m'inspirait guère confiance : « Quand sonnera l'heure du meurtre joyeux ».

Nous nous concentrâmes encore une fois sur le récit : Feichleimer discute avec Adrien, puis ce dernier tue son oncle.

Je devais donc tuer mon oncle.

Mais comment y parvenir ? Hormis la difficulté de poser un tel geste entraînant nécessairement la mort d'une victime, nous étions seuls ici, mon père et moi.

Devais-je tuer Antoine ? Il appartenait à ma famille et pouvait jouer le rôle de l'oncle assassiné. Je n'osai formuler ma pensée à mon père, de crainte de le voir se méfier de moi. Je le regardai à la dérobée. Il réfléchissait, tentait d'apporter une réponse, mais aucune idée ne venait nous éclairer. Et le temps passait, les minutes s'écoulaient.

De plus en plus nerveux, j'arpentais ma chambre.

Soudain, Antoine posa un regard interrogateur sur moi.

— As-tu entendu ? me demanda-t-il.

— Non. De quoi parles-tu ?

— D'un bruit, dehors…

Sans plus attendre, je sortis de ma chambre et courus jusqu'à la porte d'entrée. J'entendis tambouriner sur le battant, à l'extérieur. Une voix masculine criait :

— Ouvrez, je vous en prie, ils arrivent, ils arrivent !

Je me retournai. Antoine, sur le seuil de la chambre, hocha la tête en signe d'approbation. Je déverrouillai et un quadragénaire au visage empourpré se rua dans la maison. Il voulut refermer la porte derrière lui, mais j'empêchai sa manœuvre en coinçant mon pied entre le battant et le cadre.

Je jetai aussitôt un regard à l'extérieur. Je découvris avec surprise qu'un nouveau groupe avait remplacé celui des bourreaux-insectes. Ses membres s'entassaient aux confins du cercle protecteur, regrettant visiblement de ne pas réussir à le franchir. Il s'agissait d'une horde de cuisiniers vêtus d'habits blancs. De grosses toques couronnaient leurs visages recouverts de têtes de boucs dans lesquelles ils avaient percé des trous pour en faire des masques. Le groupe avait installé tout un attirail de cuisinier sur lequel il concoctait les plus étranges recettes. Je vis l'un d'entre eux extirper une énorme ortie du ventre d'une femme enceinte et lui écraser sur le visage par un violent coup de poing. Son collègue, armé d'une spatule enflammée, s'appliquait à extraire du ciel une sorte de gelée translucide qu'il mélangeait dans un gros bol avec des pâtes en forme d'étoiles. Un troisième malaxait des fœtus dans une grosse marmite pour constituer une sorte de marmelade vagissante et grisâtre.

Je surpris le regard d'un quatrième homme, fixé sur nous. Il s'en dégageait une telle haine que je ne pus le soutenir. Je refermai aussitôt le battant protecteur derrière moi.

Le quadragénaire, en sueur, se laissa glisser le long du mur.

— Du calme, mon ami, le rassura mon père, ils ne pourront pas venir vous prendre ici. Nous sommes protégés par un cercle magique.

— *Merci, merci, souffla l'homme en roulant des yeux fous.*

— *Qui sont ces hommes ?*

— *Je l'ignore. Je venais rendre visite à Karl Masier, l'habitant de cette maison, et ils sont arrivés, se sont installés à une vitesse folle. Quand je les ai vus préparer leur immonde cuisine, j'ai accéléré ma course... Que se passe-t-il, dites-moi ? Où est passé Masier ? Êtes-vous ses amis ?*

— *Nous ne connaissons pas le propriétaire de cette demeure. Quand nous nous sommes réfugiés ici, la maison était déjà abandonnée. Comment-vous appelez-vous ?*

— *Jacob, répondit l'inconnu, Jacob Doblenko.*

Je tressaillis en entendant ce nom. Il me sembla également voir une fugace lueur traverser le regard de mon père.

C'était trop évident ! L'oncle d'Adrien Dovjenko se nommait Jacob. Il fallait tuer cet inconnu immédiatement. La ressemblance entre les noms n'était pas l'effet du hasard. Elle indiquait seulement qu'il ne fallait plus se laisser arrêter par aucune hésitation et passer aux actes.

Surmontant ma répulsion, me forçant à agir sans plus attendre, car je risquais alors de faillir à ma tâche, je sortis de la demeure, saisis une grosse pierre près de la porte et m'arrêtai pour adresser une courte prière aux forces magiques avant de commettre le meurtre, respectant ainsi l'ordre du récit inversé. Puis, je fis volte-face et lançai la pierre de toutes mes forces à la tête de Doblenko.

Avec une expression stupéfaite, le quadragénaire s'effondra sur le sol. Je voulus le transporter aux confins du cercle pour ne plus devoir supporter la vision de ce cadavre plus longtemps, mais mon père m'en empêcha.

— Il doit rester ici ! déclara-t-il. Songe au livre… En lisant le récit à l'envers, l'oncle demeure dans la maison… C'est Adrien qui finit par s'en aller, pour rejoindre le collège de Noireterre.

Ainsi, je devrais donc m'en aller…

Repoussant cette déplaisante perspective, je me dépêchai de reprendre le manuscrit et de faire taire ainsi la sourde culpabilité qui montait en moi. Loin de me donner du plaisir, ce meurtre n'avait rien à voir avec le « meurtre joyeux » suggéré par le titre du chapitre. Adrien étant mon contraire, j'éprouvais logiquement des sentiments opposés aux siens.

Mon père me regarda, blêmit et déclara :

— Après le meurtre, tu quittes la maison pour te rendre au collège de Noireterre, comme nous l'avions prévu. Nous devons quitter ces lieux immédiatement. Je me rends même compte que nous avons commis une erreur chronologique dans l'exécution du plan.

— De quoi s'agit-il ?

— J'aurais dû quitter la maison avant le meurtre, et non après, avec toi. Quand le crime a lieu, dans le livre, Adrien se trouve seul avec Jacob.

Je grimaçai. Un conte, enfoui en moi, ressurgit à ce moment. Un apprenti sorcier tente maladroitement de se livrer à des expériences magiques. Très vite, il devient victime des éléments déchaînés... Ce sort nous attendrait-il ? Il fallait fuir au plus vite.

Je glissai le cahier et le manuscrit sous mon bras, pris une grande respiration et ouvris la porte d'entrée. À coup sûr, les cuisiniers du cauchemar auraient disparu.

J'agrandis les yeux en découvrant un spectacle redoutable : non seulement les adversaires entouraient toujours la maison, mais, en plus, leur nombre avait augmenté. Partout, ce n'était que carnage, dépeçage, découpage, hurlements. On entendait le bruit des couteaux déchirer l'air et toute la nature semblait pousser un cri inaudible. De larges fleuves de sang coulaient jusqu'aux plantes carnivores, devenues gigantesques, engraissées par ce flot nutritif inespéré.

Comment allions-nous parvenir à nous frayer un chemin au sein de ces épouvantables cuisines ?

— Nous n'avons aucun choix, Jacques, me dit Antoine en posant sa main sur mon bras.

— Il me vient une idée, lui dis-je. Nous allons poser un pied hors du cercle protecteur. Si rien n'arrive, nous serons effectivement en sûreté. Sinon, nous rebrousserons chemin et regagnerons la maison.

— Pour quoi faire ? Attendre d'être abattus ?

— Les bourreaux-insectes sont partis. Peut-être les cuisiniers suivront-ils leur exemple. Si nous devons mourir de toute façon, autant repousser l'échéance et espérer une mort moins violente.

Tout en prononçant ces paroles, je posai le pied droit hors du cercle. Rien ne se produisit. Les cuisiniers ne nous regardaient pas. Vint le pied gauche. Puis un autre pas, deux, trois, quatre. Toujours rien. Je n'osais pas regarder autour de moi, de crainte de découvrir une nouvelle abomination qui m'empêcherait d'avancer. M'efforçant de demeurer insensible aux cris, aux bruits, à l'odeur, au contact visqueux du sang sous mes souliers, j'avançai, suivi par mon père.

Soudain, je heurtai violemment un cuisinier armé de deux couteaux étincelants. Je me sentis défaillir.

Contre toute attente, l'homme ne manifesta aucune réaction et me laissa poursuivre ma route. Je me souvins alors d'un épisode vécu par Dovjenko : après le meurtre de Jacob, il se heurtait à un cuisinier nommé Joseph. Dans le récit inversé, cette scène aurait dû se dérouler avant la mort de Jacob. Avais-je commis une autre erreur ? Devais-je l'ignorer et attribuer cet accident au hasard ?

Je m'interrogeai pendant le reste de notre marche. Cette épreuve parut s'étendre sur des kilomètres. Nous ne voyions pas la fin de cette boucherie et je m'apprêtais à m'arrêter, incapable de supporter plus longtemps cette atmosphère chargée de souffrance quand, tout à coup, j'aperçus une grande bâtisse délabrée devant moi.

C'était trop évident, elle représentait le collège.

J'invitai Antoine à passer devant moi — dans la logique de l'histoire inversée, je devais y entrer après lui.

Une fois à l'intérieur, nous nous laissâmes choir sur le sol.

Épuisé, je sombrai bientôt dans un profond sommeil.

14

QUAND LA MAGIE NOIRE DEVIENT BLANCHE PAR LA FORCE DES CHOSES

11 juin

Jacques,

Tu ne liras sans doute jamais ce message. Je ne sais pas trop pourquoi je m'adresse à toi. Peut-être pour trouver du courage.

À l'heure où j'écris ces mots, le cadavre de mon père repose sur le sol, non loin de moi.

J'ai été forcé de le tuer, il devait disparaître du récit de nos vies, car il n'était pas présent au début du manuscrit. Il fallait remonter à l'ultime source du texte. Nous voilà seuls, toi et moi, même si tu l'ignores. J'ai lu et relu le texte. À mon avis, nous n'avons nul besoin de chercher le livre de magie découvert par Dovjenko sur une tablette de la bibliothèque. Ce livre, c'est le manuscrit de Dovjenko. La preuve : comme Dovjenko, quand tu l'as trouvé, tu as ressenti une sorte d'illumination.

Tu me diras que c'est impossible, car cet événement ne suit pas l'ordre chronologique du récit inversé. Mais, avec tes erreurs, tu as bouleversé l'ordre du passé, du présent et de l'avenir. C'est pourquoi il faut se dépêcher de remonter à la source si nous voulons échapper à cet univers dangereux, atteindre une autre réalité et disparaître de celle-ci.

Je vais te confesser quelque chose.

Comme toi, je perds mon identité et je m'en rends compte. Je me souviens d'Alain Dalenko, adolescent féru de magie, insouciant des conséquences de ses actes. Et, me semble-t-il, ce garçon, ce n'est pas moi. Ce n'est plus moi. Ce n'est pas toi, non plus. C'est quelqu'un. Un inconnu. Je remonte aux sources du manuscrit et ma personnalité, comme celle d'Adrien, devient floue. Si je me fie au lien établi entre nos vies et le texte, quand le manuscrit sera terminé, quand le dernier paragraphe sera lu, je disparaîtrai. Cet univers cauchemardesque cessera aussi d'exister puisqu'il aura été annulé par le récit inversé que tu as commencé et que je vais terminer. Ai-je le choix ? Si je n'agis pas, je crains trop ce qui pourrait m'arriver. La mort est préférable à une souffrance éternelle aux mains de puissances incontrôlables.

Si tu pouvais me lire, tu te réjouirais sans doute de l'idée que le but de ta quête, finalement, aura presque été atteint. L'ordre initial ne sera pas restauré — c'est impossible, à cause de tes erreurs et, d'ailleurs, cela voudrait dire que l'histoire recommencerait sans arrêt —, mais une autre réalité se mettra en place. Au moins, penserais-tu, il n'y aura plus de monstres, plus de portes de la nuit, plus d'oreiller à cauchemars...

Juste avant de marcher vers la mort, je tiens à formuler ces dernières questions : pourquoi Adrien Dovjenko a-t-il relaté mon histoire dans ses cahiers ? J'en suis certain, ses manuscrits lus par l'abbé racontent ma vie. Le Carrousel pourpre, La Pharmacopée du frisson gigantesque, L'Empire des xénophages *et,* surtout, Journal d'un cauchemar. *Si j'en juge par son titre, ce dernier est probablement la copie conforme de mon journal. Je ne puis l'expliquer rationnellement, mais je serais naïf de me livrer à des considérations logiques après tout ce dont j'ai été témoin ces derniers jours.*

Grâce à son potentiel magique que lui avait révélé l'abbé, Dovjenko a-t-il été capable d'entrer en contact avec mon avenir, d'écrire mon destin à l'avance ? Je ne le saurai jamais, même si une voix tapie au fond de moi hurle un « oui » assourdissant.

Plus encore, Dovjenko a-t-il décrit son propre destin ?

L'abbé insistait toujours sur l'importance du chiffre trois. Florence, Georges et moi avions deux autres personnalités : Ismaëlle/Marie, Feichleimer/Antoine, Adrien/Jacques. Trois fois trois.

Une certitude m'envahit soudain : je suis Adrien Dovjenko. Après notre rencontre avec Marie, l'abbé et moi sommes parvenus à changer la réalité grâce à notre seule volonté, concrétisée par Samuel. Nous nous sommes alors retrouvés ici, avec un passé de sorciers dont nous ne pouvions douter. Un faux passé inscrit dans notre mémoire par notre propre volonté de changement radical. Cependant, le processus a été perverti par les dernières interrogations de Feichleimer : « Oui, Adrien. Ce que tu crois être ton passé a-t-il jamais existé ? S'agit-il plutôt d'une habile construction imaginaire ? Rien ne nous en prouve l'existence. Qui t'assure que tes souvenirs, dont tu ne saurais mettre en doute la véracité, n'ont pas été implantés dans ton cerveau ? », a-t-il déclaré, juste avant la fin du manuscrit, créant de ce fait même la réalité de cette mémoire inventée.

Le passé des Dalenko, de cette famille de sorciers, n'existe peut-être pas. Cette amnésie que je croyais l'œuvre d'ennemis aurait alors été une compensation, une façon pour notre esprit d'assimiler cette immense masse de faux souvenirs, une plage de blancheur où se reposer. Notre cerveau y puisait l'énergie nécessaire au traitement de toutes ces informations arrivées en même temps, informations impossibles à absorber sans un répit régulier indispensable pour ne pas sombrer dans la folie.

Oui, moi, Adrien Dovjenko, suis parvenu, dans une autre vie, à changer la réalité (ma réalité) et mon identité pour devenir Alain Dalenko/Jacques, habitant d'un monde onirique où règne l'impossible. Mes démarches et celles de mes alliés avaient pour but de déplacer notre univers d'un point A à un point B. Insatisfaits du résultat, nous avons choisi intuitivement d'y remédier par la manière la plus vraisemblable : refaire notre parcours en sens inverse, de B à A. Imiter à rebours nos actions nous permettrait, nous le souhaitions, de les annuler, en *faisant régresser le processus magique, en ramenant le passé à son point de départ.*

Je ne détiens aucun indice du succès de cette tentative. Mes efforts, quand j'étais Adrien, s'étaient soldés par un résultat brusque, soudain, sans aucune période transitoire. Si je dois quitter cet univers, ce sera de la même façon.

Quelles conséquences ma démarche entraînera-t-elle ? Je le saurai après la fin, tout comme Adrien, mais je sens qu'une autre vie commencera pour moi et que je ne garderai probablement aucun souvenir de celle-ci.

Quelques mots, encore : l'histoire commence par l'évocation d'une bibliothèque. Dans cette grande bâtisse où je me trouve actuellement, je suis certain d'en trouver une. Je m'y rendrai et, alors, quelqu'un me tuera. Je ne souffrirai sûrement pas longtemps car, aussitôt le meurtre commis, je m'anéantirai ou je passerai dans une autre dimension. Je ne peux pas expliquer cette certitude, mais elle m'envahit avec trop de force pour que j'en doute.

Je suis seulement certain d'une chose : mon assassin prendra beaucoup de plaisir à me tuer.

Pourquoi ?

Regarde le titre du premier chapitre :
« Quand sonnera l'heure du meurtre joyeux ».
Ce titre, c'est la dernière phrase du texte
inversé. Il en annonce la fin tragique. De
façon évidente, il ne concernait pas le meurtre
de Jacob Doblenko. Tu reconnais toi-même
t'être livré à cet acte avec une extrême répu-
gnance. Alors… Ce meurtre joyeux, nous n'en
serons pas l'exécuteur, mais bien la victime.

Notre meurtre rendra heureux notre
assassin.

Notre assassin tapi dans la bibliothèque.

Je pourrais attendre que tu reprennes
conscience avant de m'y rendre — tu souf-
frirais à ma place.

En fait, cette partie de moi qui écrit n'en
aurait pas conscience. Mais, comme nous
sommes une seule et même personne phy-
sique, je souffrirai quand même dans ma
chair, peu importe l'esprit qui l'investira à ce
moment. Quoi qu'il en soit, il nous faut
quitter ce monde dangereux où nous n'avons
plus rien à faire, où je sens ma personnalité
se dissoudre. Toutes mes expériences occultes
me semblent vaines, maintenant.

… De toute façon, l'heure est venue.
L'heure du meurtre joyeux.
L'heure de la dernière phrase a sonné.

Table des matières

Les titres de la collection Atout

* Lecture facile   ** Lecture intermédiaire   *** Lecture difficile

Imprimé au Canada